Le Duel

Couverture : Photo tirée du film de Ridley Scott, *Duellistes*.

Titre original : *The Duel*

106, bd Saint-Germain - 75006 Paris

ISBN : 2-86930-702-0
ISSN : 1160-0977

Joseph Conrad

Le Duel

Traduit de l'anglais
et présenté par
Michel Desforges

Ombres

I

Napoléon Ier, dont la carrière ressembla à un duel contre toute l'Europe, détestait que ses officiers se battent en duel. Le grand empereur militaire n'était pas un bretteur, et il prisait fort peu la tradition.

Néanmoins, une histoire de duel, qui prit des allures de légende dans l'armée, perdura durant toute l'épopée des guerres impériales. Deux officiers, tels des artistes déments cherchant à dorer l'or fin ou à peindre le lys [1], poursuivirent à la surprise de leurs camarades admiratifs une querelle d'ordre privé durant ces années de carnage universel. C'étaient des officiers de cavalerie, et leur lien avec l'animal fougueux mais fantasque qui mène l'homme au combat semble particulièrement approprié. On verrait mal deux officiers d'infanterie de ligne, à la fantaisie sapée par les longues marches et à la valeur forcément plus terre à terre, être les héros de cette légende. Quant à des artilleurs ou des officiers du génie, qui gardent la tête froide grâce à leur régime

1. Les appels de notes renvoient aux notes du traducteur à la fin du texte.

à base de mathématiques, il ne saurait tout bonnement en être question.

Ces officiers s'appelaient Féraud et d'Hubert, tous les deux lieutenants de hussards, mais pas dans le même régiment.

Féraud était officier de corps, alors que le lieutenant d'Hubert avait la bonne fortune d'être détaché en qualité d'*officier d'ordonnance* * auprès du général commandant la division. Cela se passait à Strasbourg, et ils savouraient pleinement une brève période de paix [2] dans cette importante et agréable garnison. Ils la goûtaient d'autant plus, en dépit de leur nature profondément belliqueuse, qu'il s'agissait d'une paix où l'on aiguise les sabres et astique les fusils, d'une paix chère au cœur du militaire, dont elle ne ternit pas le prestige, vu que personne ne la croit sincère et durable.

Dans ces circonstances historiques si propices à apprécier le repos du guerrier, le lieutenant d'Hubert longeait, par un bel après-midi, une rue paisible d'un plaisant faubourg, en direction des appartements du lieutenant Féraud, situés dans la maison particulière, avec jardin sur l'arrière, d'une vieille demoiselle.

Il frappa à la porte, et une jeune servante en costume alsacien lui ouvrit aussitôt. Son teint frais et ses longs cils, modestement baissés à la vue du bel officier, amenèrent le lieutenant d'Hubert, sensible aux impressions esthétiques, à tempérer la froide et sévère gravité de son visage. Il remarqua en même temps que la jeune fille avait sur le bras une culotte de hussard, bleue à bande rouge.

---

* Les mots en italique suivis d'un astérisque sont en français dans le texte.

— Le lieutenant Féraud est-il là ? demanda-t-il d'un ton bienveillant.

— Oh non, monsieur ! Il est sorti à six heures ce matin.

La jolie servante tenta de fermer la porte. Le lieutenant d'Hubert, s'y opposant avec douceur mais fermeté, pénétra dans le vestibule en faisant cliqueter ses éperons.

— Voyons, mignonne ! Tu ne vas pas me faire croire qu'il n'est pas revenu depuis six heures ?

Ce disant, le lieutenant d'Hubert ouvrit sans façon la porte d'une pièce si confortablement et soigneusement meublée que seules les preuves tangibles qu'étaient les bottes, les uniformes et autres équipements militaires, lui permirent d'être certain qu'il s'agissait bien de la chambre du lieutenant Féraud. Il constata du même coup que ce dernier n'était pas chez lui. L'honnête servante l'avait suivi, et elle leva vers lui ses yeux candides.

— Hum ! fit le lieutenant d'Hubert, très déçu, car il avait déjà visité tous les endroits où un lieutenant de hussards était susceptible de se trouver par un bel après-midi. Alors il est sorti ? Et saurais-tu par hasard, mignonne, pourquoi il est sorti ce matin à six heures ?

— Non, s'empressa-t-elle de répondre. Il est rentré tard la nuit dernière, et il a ronflé. Je l'ai entendu en me levant à cinq heures. Puis il a mis son plus vieil uniforme et il est sorti. Le service, je suppose.

— Le service ? Certainement pas ! s'écria le lieutenant d'Hubert. Sache bien, mon ange, qu'il est sorti de si bonne heure pour se battre en duel avec un civil.

Elle accueillit cette nouvelle sans le moindre battement de ses cils noirs. Les faits et gestes du lieutenant Féraud étaient à l'évidence au-dessus de toute critique. Elle se contenta de lever, l'espace d'un instant, des yeux empreints d'une muette surprise, et le lieutenant d'Hubert conclut de cette absence d'émotion qu'elle avait dû voir le lieutenant Féraud depuis le matin. Il balaya la pièce d'un regard circulaire.

– Voyons ! insista-t-il, sur le mode de la confidence. Il est peut-être quelque part dans la maison ?

Elle secoua négativement la tête.

– Tant pis pour lui ! poursuivit le lieutenant d'Hubert, d'un ton d'anxieuse conviction. Mais il est rentré dans la matinée.

La jolie servante répondit cette fois par l'affirmative, d'un léger signe de tête.

– J'avais raison ! Et il est ressorti ? Quoi faire ? Ne pouvait-il pas rester tranquillement chez lui ! Quelle stupidité ! Ma chère petite...

La bienveillance naturelle du lieutenant d'Hubert et son fort esprit de camaraderie accentuaient ses facultés d'observation. Il changea de ton, parla avec une douceur cajolante, et, fixant la culotte de hussard sur le bras de la jeune fille, en appela à l'intérêt qu'elle prenait au bien-être et au bonheur du lieutenant Féraud. Il se fit pressant et persuasif. Il tira de ses beaux yeux pleins de bonté un excellent parti. Son désir de retrouver sans délai le lieutenant Féraud, dans l'intérêt même de celui-ci, semblait si sincère qu'il finit par vaincre les réticences de la jeune fille. Elle ne savait malheureusement que peu de choses. Le lieutenant Féraud était revenu un peu avant dix heures, il avait gagné directement sa chambre et s'était jeté sur son lit pour reprendre son sommeil interrompu. Elle l'avait entendu ronfler plus fort encore que précédemment, jusque tard dans l'après-midi. Puis il s'était levé, avait endossé son plus bel uniforme et était sorti. C'était tout ce qu'elle savait.

Elle leva les yeux, et le lieutenant d'Hubert y plongea son regard incrédule.

— C'est incroyable. Sorti parader en ville dans son plus bel uniforme ! Ne sais-tu pas, ma chère enfant, qu'il a pourfendu ce civil ce matin ? De part en part, comme un lièvre à la broche.

La jolie servante apprit la sinistre nouvelle sans montrer le moindre signe de détresse. Mais elle pinça les lèvres d'un air pensif.

— Il ne parade pas en ville, loin s'en faut, fit-elle remarquer à voix basse.

— La famille de la victime fait beaucoup de bruit, poursuivit le lieutenant d'Hubert en suivant le cours de sa pensée. Et le général est furieux. C'est une des familles les plus en vue de la ville. Féraud aurait au moins dû rester chez lui...

— Qu'est-ce que le général va lui faire ? demanda avec anxiété la jeune fille.

— On ne lui coupera pas la tête, bien sûr, grommela le lieutenant d'Hubert. Sa conduite est positivement inconvenante. Ce genre de bravade va lui attirer des tas d'ennuis.

— Mais il ne parade pas en ville, insista timidement la servante.

— En effet, tu as raison maintenant que j'y pense. Je ne l'ai vu nulle part. Où diable a-t-il pu aller se fourrer ?

— Il est allé faire une visite, suggéra la servante après un moment de silence.

Le lieutenant d'Hubert tressaillit.

– Une visite ! Tu veux dire une visite à une dame ? Quel toupet ! Et comment le sais-tu, ma mignonne ?

Sans cacher son mépris de femme pour la pesanteur de l'esprit masculin, la jolie servante lui rappela que le lieutenant Féraud avait endossé son plus bel uniforme. Il avait également mis son meilleur dolman, ajouta-t-elle, d'un ton qui laissait supposer que cette conversation lui portait sur les nerfs. Et elle se détourna brusquement.

Le lieutenant d'Hubert, sans même mettre en doute la pertinence de cette déduction, ne vit pas en quoi elle pouvait l'avancer dans sa recherche officielle. Car sa démarche revêtait un caractère officiel. Il ne connaissait aucune des femmes que cet homme, qui avait tué son adversaire dans la matinée, était susceptible d'aller voir l'après-midi. Les deux jeunes officiers ne se connaissaient que de loin. Il mordilla son doigt ganté en signe de perplexité.

– Une visite ! s'exclama-t-il. Une visite en enfer !

La jeune fille, qui lui tournait le dos et pliait la culotte du hussard sur une chaise, fit entendre en guise de protestation un petit rire vexé.

– Oh ! Grand Dieu non ! Chez madame de Lionne.

Le lieutenant d'Hubert siffla doucement. Madame de Lionne, épouse d'un haut fonctionnaire, tenait un *salon* * réputé et avait quelques prétentions à la sensibilité et à l'élégance. Son mari, un civil, était vieux ; mais les habitués du *salon* * étaient jeunes et militaires. Le lieutenant d'Hubert avait sifflé, non pas parce qu'il lui déplaisait de poursuivre le lieutenant Féraud jusque dans ce *salon* *, mais parce que, récemment arrivé à Strasbourg, il n'avait pas eu le temps d'être présenté à madame de Lionne. Et il se demandait ce que ce bretteur pouvait bien y faire. Il ne semblait pas le genre d'homme à...

— Es-tu certaine de ce que tu avances ?

La jeune fille l'était tout à fait. Elle expliqua sans se retourner que le cocher de la maison voisine connaissait le *maître d'hôtel** de madame de Lionne. C'était de lui qu'elle tenait cette information. Et elle soupira en l'assurant qu'elle en était tout à fait certaine. Le lieutenant Féraud allait là-bas presque tous les après-midi.

— Ah ! bah ! s'exclama ironiquement d'Hubert. Madame de Lionne baissa de plusieurs crans dans son estime. Le lieutenant Féraud ne lui semblait pas particulièrement digne de l'attention d'une femme réputée pour sa sensibilité et son élégance. Mais il n'y avait rien à dire ; toutes les mêmes — bien plus pratiques qu'idéalistes. Le lieutenant d'Hubert ne s'attarda cependant pas sur ces considérations.

— Mille tonnerres ! Le général s'y rend parfois. S'il trouve le gaillard en train de faire les yeux doux à la dame, il y aura du grabuge ! Notre général n'est pas des plus commodes, c'est moi qui vous le dis.

— Dépêchez-vous d'y aller, alors ! Ne restez pas planté là maintenant que je vous ai dit où il se trouve ! s'écria la jeune fille en rougissant.

— Merci, ma mignonne ! Je ne sais pas ce que j'aurais fait sans toi.

Après avoir manifesté sa gratitude d'une façon un tantinet brutale, ce qui lui valut d'affronter une violente résistance suivie d'une brusque indifférence encore plus méprisante, le lieutenant d'Hubert prit congé.

Il arpenta les rues, l'allure martiale et cavalière, avec force cliquetis. Chasser un camarade jusque dans un salon où lui-même était inconnu ne le dérangeait pas le moins du monde. L'uniforme est un bon passeport. Sa position d'*officier d'ordonnance* * du général ajoutait à son assurance. De plus, maintenant qu'il savait où trouver le lieutenant Féraud, il n'avait pas le choix. C'était une affaire de service.

La demeure de madame de Lionne fleurait bon l'opulence. Un domestique en livrée, ouvrant la porte d'un vaste salon au parquet ciré, l'annonça et s'écarta pour le laisser passer. C'était jour de réception. Les dames portaient de grands chapeaux surchargés d'une multitude de plumes ; leurs corps, moulés des aisselles à la pointe des escarpins de satin dans des robes blanches, leur donnaient des allures de fraîches sylphides au cou et aux bras nus. Les hommes qui leur parlaient portaient au contraire de lourds habits bariolés, avec des cols montant jusqu'aux oreilles et de larges ceintures. Le lieutenant d'Hubert traversa la pièce sans la moindre gêne et, s'inclinant très bas devant une sylphide étendue sur un sofa, s'excusa de cette intrusion que seule l'extrême urgence d'un ordre à transmettre à son camarade Féraud pouvait justifier. Il se proposait de revenir bientôt, en respectant davantage les convenances, pour se faire pardonner d'avoir interrompu une intéressante conversation...

Un bras nu se tendit vers lui avec une gracieuse nonchalance avant même qu'il eût fini de parler. Il baisa respectueusement la main et en remarqua la maigreur. Madame de Lionne était une blonde à la peau trop fine et au visage allongé.

– *C'est ça !* *, fit-elle avec un sourire éthéré qui

laissa voir de grandes dents. Venez ce soir mander pardon.

— Je n'y manquerai pas, madame.

Le lieutenant Féraud, magnifique dans son dolman neuf et ses bottes luisantes, était assis sur une chaise près du sofa, une main sur la cuisse, l'autre frisant sa moustache en pointe. Il se leva sans hâte, suite au regard significatif que lui lança d'Hubert, et suivit ce dernier dans l'embrasure d'une fenêtre.

— Que me voulez-vous ? demanda-t-il, avec une surprenante indifférence. Le lieutenant d'Hubert ne pouvait imaginer, dans l'innocence de son cœur et la simplicité de sa conscience, que le lieutenant Féraud pût penser à son duel sans le moindre remords ou même sans en appréhender les conséquences. Sans garder un souvenir précis de l'origine de la querelle (commencée dans un établissement où l'on boit de la bière et du vin jusque tard dans la nuit), le lieutenant Féraud ne doutait pas un instant de sa qualité d'offensé. Il avait pris pour témoins deux amis expérimentés. Tout avait été fait *dans les règles* *. Et le but d'un duel est évidemment pour le moins de blesser son adversaire, sinon de le tuer. Le civil avait été blessé. Tout était là encore normal. Le lieutenant Féraud était parfaitement calme, mais le lieutenant d'Hubert prit cette sérénité pour de l'affectation, et il s'adressa à lui avec une certaine vivacité.

— Le général m'a chargé de vous ordonner de rejoindre vos appartements, et d'y rester aux arrêts de rigueur.

C'était maintenant au tour du lieutenant Féraud d'être étonné.

— Que diable me racontez-vous là ? murmura-t-il,

avant d'être frappé de stupeur et de suivre machinalement le lieutenant d'Hubert. Les deux officiers, l'un grand au visage intéressant et à la moustache couleur de blé mûr, l'autre trapu au nez crochu et à l'abondante chevelure bouclée noire, s'approchèrent de la maîtresse de maison pour prendre congé. Madame de Lionne, femme aux goûts éclectiques, sourit aux deux hommes avec une sensibilité impartiale et en leur témoignant un égal intérêt, car elle se régalait de l'infinie variété de l'espèce humaine. Tous les autres regards suivirent le départ des deux officiers ; et lorsqu'ils furent sortis, un ou deux messieurs, déjà au courant du duel, en informèrent les sylphides, qui ponctuèrent la nouvelle de petits cris de sollicitude.

Les deux hussards marchaient côte à côte : le lieutenant Féraud tentant de saisir la raison cachée de choses qui, en l'occurrence, lui échappaient, le lieutenant d'Hubert étant, quant à lui, assez gêné du rôle qu'il devait jouer, car le général lui avait ordonné de veiller personnellement à ce que le lieutenant Féraud exécutât ses ordres sur l'heure et à la lettre.

Le chef semble connaître cet animal, pensa-t-il en observant son compagnon, dont le visage rond, les yeux ronds et même la petite moustache noire retroussée, semblaient animés d'une exaspération intérieure envers l'incompréhensible. Et il ajouta à haute voix, sur un ton de reproche :

— Le général est absolument furieux contre vous !

Le lieutenant Féraud s'arrêta net au bord du trottoir et s'écria avec l'accent d'une évidente sincérité :

— Pour quelle raison, que diable ?

L'innocence de la bouillante âme gasconne se

matérialisa dans la façon dont il se prit la tête à deux mains, comme pour l'empêcher d'éclater sous l'effet de la perplexité.

– À cause du duel, répondit sèchement le lieutenant d'Hubert, fort agacé par cette sorte de duperie perverse.

– Le duel ! Le ...

Le lieutenant Féraud passa d'un étonnement extrême à un autre. Il laissa retomber ses mains et continua d'avancer lentement, s'efforçant de concilier cette nouvelle avec ses propres sentiments. C'était impossible. Il explosa littéralement d'indignation :

– Devais-je laisser ce pékin de mangeur de choucroute s'essuyer les pieds sur l'uniforme du 7e hussards ?

Le lieutenant d'Hubert ne pouvait rester totalement indifférent à la simplicité de ce sentiment. Ce petit Gascon était fou, pensa-t-il, mais il y avait du vrai dans ses paroles.

– J'ignore bien sûr à quel point vous étiez dans votre droit, commença-t-il, d'un ton conciliant. Et le général peut être mal informé. Ces gens lui ont cassé les oreilles avec leurs lamentations.

– Ah ! le général est mal informé, grommela le lieutenant Féraud, marchant de plus en plus vite à mesure qu'augmentait sa colère face à l'injustice de son sort. Il est mal... Et il me met aux arrêts de rigueur, et Dieu seul sait quoi par la suite !

– Ne vous échauffez pas comme cela, protesta l'autre. La famille de votre adversaire est très influente, vous le savez, et l'affaire se présente assez mal de prime abord. Le général s'est vu obligé de prendre immédiatement leur plainte en considération. Je ne pense pas qu'il veuille faire preuve d'une extrême sévérité à votre égard. Le mieux est de vous tenir quelque temps à l'écart.

— J'en sais vraiment gré au général, grommela-t-il entre ses dents. Et peut-être pensez-vous que je devrais aussi vous être reconnaissant d'avoir pris la peine de me rechercher dans le salon d'une dame qui...

— Franchement, je le crois, l'interrompit le lieutenant d'Hubert avec un petit rire innocent. J'ai eu un mal fou à trouver où vous étiez. Vu les circonstances, ce n'était pas vraiment l'endroit où vous divertir. Si le général vous avait trouvé en train de faire les yeux doux à la déesse du temple... Oh ! mon Dieu !... Vous savez qu'il a horreur d'être ennuyé par des plaintes contre ses officiers. Il s'agissait plus d'une bravade que d'autre chose.

Les deux officiers étaient maintenant arrivés à la porte de la maison où logeait le lieutenant Féraud. Et celui-ci se tourna vers son compagnon :

— Lieutenant d'Hubert, j'ai quelque chose à vous dire qui ne saurait être dit dans la rue. Vous ne refuserez pas d'entrer.

La jolie servante avait ouvert la porte. Le lieutenant Féraud passa brusquement devant elle, et elle leva un regard interrogateur et alarmé sur le lieutenant d'Hubert qui ne put que hausser légèrement les épaules tout en emboîtant avec une répugnance affichée le pas de son camarade.

Dans sa chambre, le lieutenant Féraud dégrafa son dolman neuf, le jeta sur le lit, et, croisant les bras, se tourna vers l'autre hussard :

— Pensez-vous que je sois homme à me plier sans broncher à l'injustice ? lui demanda-t-il, d'un ton impétueux.

— Oh ! soyez donc raisonnable ! protesta le lieutenant d'Hubert.

— Je suis raisonnable ! Parfaitement raisonnable ! répliqua l'autre avec une inquiétante modération. Je ne puis demander des comptes au général de sa conduite, mais vous allez me répondre de la vôtre.

— Je me refuse à écouter de pareils non-sens, murmura le lieutenant d'Hubert en grimaçant de manière quelque peu méprisante.

— Vous appelez cela un non-sens ? Il me semble que c'est parfaitement clair. À moins que vous ne compreniez pas le français.

— Où diable voulez-vous en venir ?

— À vous couper les oreilles pour m'avoir dérangé avec les ordres du général alors que j'étais en conversation avec une dame !

Un profond silence suivit cette déclaration insensée, et le lieutenant d'Hubert entendit par la fenêtre ouverte les petits oiseaux chanter avec toute leur raison dans le jardin. Il dit en conservant son calme :

— Eh bien ! si vous le prenez sur ce ton, je me tiendrai à votre disposition dès que vous serez libre de donner suite à cette affaire. Mais je ne pense pas que vous me couperez les oreilles.

— Je vais lui donner suite immédiatement, déclara le lieutenant Féraud avec la plus vive agressivité. Si vous croyez faire le joli cœur ce soir dans le *salon* * de madame de Lionne, vous vous trompez lourdement.

— Vraiment ! fit le lieutenant d'Hubert, qui sentait monter en lui la colère. Vous êtes impossible. Les ordres du général étaient de vous mettre aux arrêts, et non de vous découper en morceaux. J'ai bien l'honneur !

Et, tournant le dos au petit Gascon, qui, bien que toujours sobre dans ses libations, paraissait ivre du soleil de son vignoble natal, l'homme du Nord, qui savait boire sec à l'occasion, mais qui avait la modération innée des cieux humides de Picardie, se dirigea vers la porte. Mais, entendant le bruit caractéristique d'un sabre que l'on tire du fourreau, il fut bien obligé de s'arrêter.

Le diable emporte ce damné Méridional ! pensa-t-il en se retournant et en contemplant avec sang-froid la posture belliqueuse du lieutenant Féraud.

— Tout de suite ! Tout de suite ! bégaya Féraud, hors de lui.

— Je vous ai donné ma réponse, fit l'autre, parfaitement maître de lui.

Il s'était d'abord senti simplement fâché, et un peu amusé aussi ; mais son visage commençait maintenant à se fermer. Il se demandait sérieusement comment il pourrait s'esquiver. Il était impossible d'échapper à un homme tenant un sabre, et quant à se battre avec lui, cela lui semblait tout à fait hors de question. Il attendit un instant avant de dire tout ce qu'il avait sur le cœur.

— Lâchez ça ! Je ne me battrai pas avec vous. Je refuse le ridicule.

— Ainsi vous refusez ? dit le Gascon d'une voix sifflante. Vous préférez sans doute l'infamie. Entendez-vous bien ce que je dis ?... L'infamie ! L'infamie ! L'infamie ! cria-t-il en se dressant à plusieurs reprises sur la pointe des pieds et en s'empourprant.

Le lieutenant d'Hubert blêmit sous l'affreuse épithète, avant de s'enflammer jusqu'à la racine de ses cheveux blonds.

— Mais vous ne pouvez pas sortir vous battre,

vous êtes aux arrêts, pauvre fou ! objecta-t-il, avec colère et mépris.

— Le jardin est assez grand pour y coucher votre grande carcasse, bredouilla l'autre avec tant de véhémence que la colère du plus calme s'apaisa.

— Tout ceci est parfaitement absurde, dit-il, heureux d'avoir trouvé pour l'instant une échappatoire. Nous ne trouverons jamais de camarades pour nous servir de témoins. C'est absurde.

— Des témoins ! Au diable les témoins ! Nous n'avons pas besoin de témoins. Ne vous souciez pas d'eux. Je préviendrai vos amis pour qu'ils viennent vous enterrer lorsque j'en aurai fini. Et si vous tenez à avoir des témoins, je dirai à la vieille de passer la tête à une de ses fenêtres. Attendez ! Il y a le jardinier. Il fera l'affaire. Il est sourd comme un pot, mais il a de bons yeux. Venez ! Je vous apprendrai, monsieur l'officier d'état-major, que transmettre les ordres d'un général n'est pas toujours un jeu d'enfant.

Il avait débouclé, tout en parlant, son fourreau vide, qu'il expédia sous le lit, et, abaissant la pointe de son sabre, il passa devant un lieutenant d'Hubert perplexe, en lui criant de le suivre. À peine avait-il ouvert la porte qu'un léger cri se fit entendre, et la jolie servante, qui avait écouté par le trou de la serrure, recula en chancelant, les mains sur les yeux. Féraud ne sembla pas la voir, mais elle courut à sa poursuite et lui saisit le bras gauche. Puis, ayant été repoussée sans ménagement, elle se précipita vers le lieutenant d'Hubert et s'agrippa à la manche de son uniforme.

— Misérable, sanglota-t-elle. Voilà donc pourquoi vous le cherchiez ?

— Lâche-moi, implora le lieutenant d'Hubert en

tentant de se libérer en douceur. On se croirait dans une maison de fous. Laisse-moi passer. Je ne lui ferai pas de mal.

Un rire diabolique de Féraud vint ponctuer cette affirmation.

— Venez ! cria-t-il en frappant du pied.

Et le lieutenant d'Hubert le suivit. Il ne pouvait rien faire d'autre. Notons cependant, pour rendre justice à son bon sens, qu'en traversant le vestibule, l'idée vint à ce jeune homme courageux d'ouvrir la porte d'entrée et de s'éclipser, idée qui fut immédiatement écartée, car il était sûr que l'autre le poursuivrait sans honte ni scrupule. Et la perspective d'un officier de hussards poursuivi en pleine rue par un autre officier de hussards, sabre en main, ne pouvait être envisagée un seul instant. Il lui emboîta le pas jusqu'au jardin. La jeune fille les suivit d'une démarche mal assurée. Lèvres blanches et yeux hagards, elle succombait à une terrible curiosité. Elle avait aussi pour intention de s'interposer, si nécessaire, entre le lieutenant Féraud et la mort.

Le jardinier sourd, inconscient des pas qui s'approchaient, continuait d'arroser ses fleurs lorsque le lieutenant Féraud lui donna une bourrade dans le dos. Apercevant brusquement un homme enragé agitant un grand sabre, le vieux bonhomme, tremblant de tous ses membres, laissa tomber son arrosoir. Le lieutenant Féraud donna aussitôt un violent coup de pied dans l'ustensile, et, saisissant le jardinier à la gorge, l'adossa à un arbre. Il l'y maintint, et lui cria à l'oreille :

— Reste là et observe ! Tu comprends ? Il faut que tu regardes ce qui va se passer ! Et tâche de ne pas bouger de là !

Le lieutenant d'Hubert descendit lentement l'allée, dégrafant son dolman avec une répugnance affichée. La main sur la garde de son sabre, il hésita encore à dégainer, jusqu'à ce qu'il entende :

— *En garde, fichtre* *. Pourquoi croyez-vous que vous êtes venu ?

Et l'élan de son adversaire l'obligea à se mettre aussi vite que possible en position défensive.

Le bruit des armes remplit ce jardin coquet qui n'avait jamais connu de cliquetis plus martial que celui des cisailles. Le buste d'une vieille dame se montra bientôt à une fenêtre du premier. Elle agitait les bras au-dessus de son bonnet blanc et criait d'une voix cassée. Le jardinier restait collé à l'arbre, sa bouche édentée ouverte dans un étonnement stupide, et, un peu plus haut dans l'allée, la jolie jeune fille, comme retenue par un charme sur un petit coin de gazon, courait de droite à gauche en se tordant les mains et en marmonnant des paroles sans suite. Elle ne se précipita pas entre les combattants ; les assauts du lieutenant Féraud étaient si furieux que le cœur lui manqua. Le lieutenant d'Hubert, concentré sur sa défense, usait de toute son habileté et de toute sa science pour endiguer les attaques de son adversaire. Deux fois déjà, il avait dû rompre. Il était ennuyé de sentir son équilibre menacé par le gravier rond et sec de l'allée qui roulait sous les semelles dures de ses bottes. C'est un terrain des plus exécrables, se disait-il, gardant un œil attentif, plissé, ombragé de longs cils, sur le regard enflammé de son robuste adversaire. Cette affaire absurde allait ruiner sa réputation de jeune officier sensé, bien élevé et plein d'avenir. Elle nuirait en tout cas à son avancement immédiat, et lui coûterait la bienveillance de son général. Ces préoccupations d'ordre matériel étaient sans aucun doute déplacées étant donné la solennité de l'instant. Un duel, considéré comme une cérémonie du culte de l'honneur ou même réduit en son essence morale à une forme de jeu viril, requiert une parfaite unicité d'intention, un état d'esprit austère et homicide. Mais ce vif souci de son avenir n'eut pas d'effet malheureux dans la mesure où il fit monter la colère du lieutenant d'Hubert. Quelque soixante-dix secondes s'étaient écoulées depuis qu'ils avaient croisé le fer, et le lieutenant d'Hubert dut à nouveau céder du terrain afin d'éviter d'embrocher un adversaire qui, impétueux comme un coléoptère dans une boîte de spécimens, et se méprenant sur la cause, força son attaque en émettant une sorte de grognement de triomphe.

Cet enragé va m'acculer contre le mur, pensa le lieutenant d'Hubert qui se croyait bien plus près de la maison qu'il n'était et n'osait pas tourner la tête, car il lui semblait qu'il tenait son adversaire à distance plus avec les yeux qu'avec la pointe de son sabre. Le lieutenant Féraud s'accroupissait pour bondir ensuite avec cette féroce agilité de tigre propre à troubler le cœur le plus vaillant. Mais le lieutenant d'Hubert s'avisa soudain, au milieu de ses préoccupations matérielles, que la froide détermination, dont seul l'homme est capable, est bien plus épouvantable que la fureur d'une bête sauvage accomplissant un acte naturel en toute innocence. Il s'était laissé entraîner dans une affaire absurde et préjudiciable, mais quelle qu'ait pu être la sotte intention première du personnage, il était maintenant assez clair qu'il voulait rien moins que tuer. Et il le voulait avec une volonté qui dépassait de beaucoup les facultés inférieures du tigre.

Comme il arrive aux hommes courageux, la vision pleine et entière du danger intéressa le lieutenant d'Hubert. Et une fois son intérêt complètement éveillé, la longueur de son bras et le calme de son esprit parlèrent en sa faveur. Ce fut au tour du lieutenant Féraud de rompre, avec un grognement de rage déconfite à vous glacer les sangs. Il fit une feinte rapide, et se précipita en avant.

Ah ! c'est comme ça, vraiment ? s'exclama mentalement le lieutenant d'Hubert. Le combat durait depuis presque deux minutes, soit un temps suffisant pour rendre amer n'importe qui, et ce indépendamment du bien-fondé de la querelle. Et tout fut soudain fini. Comme il tentait d'en venir au corps à corps sous la garde de son adversaire, le lieutenant Féraud reçut un coup de sabre sur son bras replié. Il ne sentit rien, mais cela brisa son élan, et, ses pieds glissant sur le gravier, il tomba lourdement à la renverse. Le choc plongea son bouillant cerveau dans la parfaite quiétude de l'évanouissement. La jolie servante poussa un cri, mais la vieille demoiselle à la fenêtre cessa ses criailleries pour se signer pieusement.

Voyant son adversaire étendu et parfaitement immobile, le visage tourné vers le ciel, le lieutenant d'Hubert pensa l'avoir tué net. L'impression d'avoir frappé assez fort pour couper cet homme en deux l'habita un instant, avec le souvenir exagéré de tout l'enthousiasme qu'il avait mis dans ce coup. Il s'agenouilla rapidement auprès du corps inanimé. Une légère déception vint se mêler à son soulagement lorsqu'il constata que le bras n'était même pas sectionné. L'animal méritait le pire. Mais, honnêtement, il ne voulait pas la mort de ce pécheur. L'affaire était déjà assez vilaine, et il s'efforça aussitôt d'arrêter le sang qui s'écoulait de la blessure. Le sort voulut qu'il fût stupidement gêné dans cette tâche par la jolie servante. Déchirant l'air de ses cris d'horreur, elle l'assaillit par-derrière, et, l'agrippant par les cheveux, lui tira la tête en arrière. Pourquoi choisissait-elle cet instant précis pour entraver ses mouvements ? Il ne comprenait pas, et ne chercha pas à comprendre. Tout se déroulait comme dans un affreux cauchemar obsédant. Il dut se lever à deux reprises pour la repousser violemment et éviter ainsi de se faire renverser. Il le fit stoïquement, sans un mot, reprenant aussitôt sa position initiale pour poursuivre ses soins interrompus. Mais la troisième fois, ayant terminé, il la saisit et lui maintint les bras contre le corps. Elle avait la coiffe de travers et le visage rouge. Et, alors qu'elle le traitait de misérable, de traître et d'assassin, il plongea doucement son regard dans ses yeux qui étincelaient d'une folle audace. Ces propos ne l'ennuyèrent pas autant que la certitude qu'elle avait réussi à lui griffer le visage. Le ridicule allait s'ajouter au scandale. Il imaginait le récit enjolivé circulant dans la garnison, faisant le tour de l'armée massée à la frontière, avec toutes les déformations possibles quant aux motifs, aux sentiments et aux circonstances, et jetant un doute sur la prudence de sa conduite et le raffinement de ses goûts, qui finirait par arriver aux oreilles de son honorable famille. Tout irait très bien pour ce Féraud, qui n'avait ni relations ni famille, ni d'autre qualité que son courage, ce qui allait de soi puisqu'il était l'apanage de tous les cavaliers de l'armée française. Maintenant toujours de sa forte poigne les bras de la jeune fille, le lieutenant d'Hubert jeta un coup d'œil par-dessus son épaule. Le lieutenant Féraud avait ouvert les yeux. Il ne bougeait pas. Son regard vide de toute expression, semblable à celui d'un homme qui s'éveille d'un profond sommeil, fixait le ciel du soir.

Les appels pressants lancés par le lieutenant d'Hubert au jardinier n'eurent aucun effet — ils ne lui firent même pas fermer sa bouche édentée. Puis il se rappela que l'homme était sourd comme un pot. Pendant ce temps, la jolie servante se débattait, non pas avec une timidité de jeune fille, mais comme une vraie furie muette, lui donnant des coups de pied dans les tibias. Il continuait à la maintenir comme dans un étau, car son instinct lui disait que s'il la lâchait, elle lui arracherait les yeux. Mais il trouvait sa position très humiliante. La jeune fille abandonna enfin la lutte, plus par épuisement que par apaisement, du moins le craignait-il. Il tenta cependant de sortir de ce cauchemar par la négociation.

— Écoute-moi, dit-il aussi calmement qu'il le put. Peux-tu me promettre de courir chercher un chirurgien si je te laisse aller ?

C'est avec un profond regret qu'il l'entendit déclarer qu'elle n'en ferait rien. Au contraire, elle annonça entre deux sanglots son intention de rester dans le jardin, et de se battre bec et ongles pour protéger le vaincu. Cette attitude était choquante.

— Ma chère enfant, s'écria-t-il en désespoir de cause, se peut-il que tu me croies capable d'assassiner un adversaire blessé ? Est-ce... Veux-tu rester tranquille, espèce de jeune tigresse !

Ils luttèrent. Une voix pâteuse et somnolente se fit entendre derrière lui :

— Que voulez-vous faire avec cette fille ?

Le lieutenant Féraud s'était dressé sur son bras valide. Il regardait d'un air hébété son autre bras, son uniforme maculé de sang, une petite flaque rouge sur le sol, son sabre tombé non loin dans l'allée. Puis il s'étendit de nouveau, lentement, pour réfléchir à tout ce qui s'était passé, autant que le lui permettait un mal de tête carabiné.

Le lieutenant d'Hubert lâcha la jeune fille, qui s'accroupit aussitôt au chevet du blessé. Les ombres de la nuit tombaient sur le petit jardin propret et sur ce groupe touchant d'où montaient de légers murmures de chagrin et de compassion, ainsi que des bruits d'une autre nature, semblables à ceux d'un malade à moitié réveillé essayant de jurer. Le lieutenant d'Hubert s'en alla.

Il traversa la maison silencieuse, et se félicita du crépuscule qui masquait aux passants ses mains tachées de sang et son visage griffé. Mais cette histoire ne pouvait pas rester confidentielle. Il redoutait plus que tout le discrédit et le ridicule, et il avait douloureusement conscience de se faufiler, tel un meurtrier, par les rues détournées. Le son d'une flûte, qui s'échappait de la fenêtre ouverte d'une pièce éclairée à l'étage d'une maison modeste, interrompit bientôt ses mornes réflexions. Quelqu'un jouait avec une opiniâtre virtuosité, et, au milieu des *fioritures* *, on pouvait l'entendre battre du pied la mesure.

Le lieutenant d'Hubert cria le nom d'un chirurgien-major qu'il connaissait très bien. La flûte se tut, et le musicien vint voir à la fenêtre, l'instrument toujours à la main.

— Qui est là ? C'est vous, d'Hubert ? Qu'est-ce qui vous amène par ici ?

Il n'aimait pas être dérangé à l'heure où il jouait de la flûte. C'était un homme dont la tâche ingrate, qui consistait à panser les blessures sur ces champs de bataille où d'autres récoltaient gloire et avancement, avait déjà blanchi ses cheveux.

— Je veux que vous alliez voir immédiatement le lieutenant Féraud. Vous le connaissez ? Il habite à deux rues d'ici.

— Qu'est-ce qu'il a ?

— Il est blessé.

— Vous en êtes sûr ?

— Oui ! Je viens de chez lui.

— C'est amusant, fit le chirurgien grisonnant.

Amusant était son mot favori. Mais l'expression de son visage lorsqu'il le prononçait n'était jamais en accord avec l'épithète. C'était un homme impassible.

— Entrez. Je suis prêt dans une minute.

— Merci, avec plaisir. Je voudrais me laver les mains.

Le lieutenant d'Hubert le trouva occupé à dévisser sa flûte et à en ranger méthodiquement les morceaux dans un étui. Le chirurgien tourna la tête.

— C'est là, dans le coin. Vos mains ont en effet besoin d'être lavées.

— J'ai arrêté l'hémorragie. Mais vous feriez bien de vous dépêcher. Cela fait déjà plus de dix minutes.

Le chirurgien ne se pressa pas.

— De quoi s'agit-il ? Un pansement défait ? C'est amusant. J'ai travaillé toute la journée à l'hôpital, mais on m'a dit ce matin qu'il s'en était tiré sans une égratignure.

— Ce n'était probablement pas le même duel, fit tristement le lieutenant d'Hubert, en s'essuyant les mains dans une grossière serviette.

— Pas le même... Quoi ? Un autre. Seul le diable pourrait me faire aller sur le terrain deux fois dans la même journée.

Le chirurgien observa de près le lieutenant d'Hubert.

— Comment vous êtes-vous fait ces égratignures sur le visage, des deux côtés et symétriques ? C'est amusant.

— Très ! grommela le lieutenant d'Hubert. Et vous trouverez son bras blessé également amusant. Cela vous amusera tous les deux un bon bout de temps.

Le chirurgien fut intrigué et impressionné par son ton soudain amer. Ils quittèrent ensemble la maison, et, une fois dans la rue, il fut encore plus intrigué par sa conduite.

— Ne venez-vous pas avec moi ?

— Non. Vous trouverez bien la maison tout seul. La porte d'entrée sera très vraisemblablement grande ouverte.

— Très bien. Où se trouve sa chambre ?

— Au rez-de-chaussée. Mais vous feriez bien d'aller directement dans le jardin.

Cette précision singulière incita le chirurgien à partir incontinent. Le lieutenant d'Hubert rentra chez lui en proie à une vive indignation mêlée d'inquiétude. Il redoutait au moins autant les railleries de ses camarades que la colère de ses supérieurs. La vérité était affreusement grotesque et embarrassante, même en mettant de côté l'irrégularité du combat, qui le rapprochait outrageusement du crime. Comme la plupart des hommes dénués d'imagination, une faculté propice à la réflexion, il se sentait accablé par les aspects évidents de sa fâcheuse situation. Il était assurément très content de ne pas avoir tué le lieutenant Féraud en dehors des règles et sans les témoins de rigueur. Infiniment content. Mais, d'un autre côté, il aurait aimé lui tordre le cou sans cérémonie.

Il était encore sous l'empire de ces sentiments contradictoires quand le chirurgien amateur de flûte vint le voir. Plus de trois jours s'étaient écoulés. Le lieutenant d'Hubert n'était plus *officier d'ordonnance* * du général commandant la division. Ayant été renvoyé dans son régiment, il renouait avec la famille des simples soldats en étant aux arrêts de rigueur non pas dans son logement en ville, mais dans une chambre de la caserne. Vu la gravité de l'incident, il lui était interdit de voir quiconque. Il ne savait pas ce qui s'était passé, ce qui se disait ou ce que l'on pensait. L'arrivée du chirurgien fut des plus inattendues pour le prisonnier tourmenté. L'amateur de flûte expliqua d'abord qu'il n'était là que par faveur spéciale du colonel.

— Je lui ai fait valoir que ce ne serait que justice de vous donner des nouvelles de première main de votre adversaire. Vous serez heureux d'apprendre qu'il se rétablit rapidement.

Le visage du lieutenant d'Hubert ne trahit aucun signe conventionnel de satisfaction. Il continua d'arpenter le plancher de la pièce nue et poussiéreuse.

— Prenez cette chaise, docteur, grommela-t-il.

Le chirurgien s'assit.

— Cette affaire est diversement appréciée — en ville et dans l'armée. En fait, la diversité des opinions est amusante.

— Vraiment, marmonna le lieutenant d'Hubert, allant d'un mur à l'autre. Mais intérieurement il s'étonnait qu'il pût y avoir deux opinions sur l'affaire.

— Bien sûr, comme les faits véritables ne sont pas connus...

— J'aurais pensé, interrompit d'Hubert, que cet animal vous en aurait informé.

— Il a bien dit quelque chose la première fois que je l'ai vu. Et, à ce propos, je l'ai effectivement trouvé dans le jardin. Le coup qu'il s'était donné derrière la tête l'avait rendu un peu incohérent. Par la suite, il s'est montré plus que réticent.

— Je n'aurais pas cru qu'il aurait la politesse d'avoir honte ! marmonna le lieutenant d'Hubert en reprenant sa marche interrompue, tandis que le chirurgien murmurait :

— C'est très amusant. De la honte ! Tel n'était pas exactement son état d'esprit. Mais vous voyez peut-être l'affaire sous un jour différent.

— De quoi parlez-vous ? Quelle affaire ? s'enquit d'Hubert en lançant un regard oblique à l'homme aux traits grossiers et aux cheveux grisonnants assis sur la chaise de bois.

— Qu'importe, répondit le chirurgien avec une certaine impatience, je ne me prononcerai pas sur votre conduite...

— Par le ciel, vous feriez bien en effet !

— Eh là ! Eh là ! Ne vous emportez pas si vite. Ça ne rapporte rien. Comprenez une fois pour toutes que je ne vous charcuterai, vous autres blancs-becs, qu'avec les instruments de mon art. Mais c'est un bon conseil. Si vous continuez ainsi, vous allez vous faire une vilaine réputation.

— Continuer comment ? demanda le lieutenant d'Hubert, s'arrêtant court, très intrigué. Moi !

Moi !... Me faire une réputation... Qu'est-ce que vous vous imaginez ?

— Je viens de vous dire que je ne souhaitais pas me prononcer sur cette affaire. Cela ne me regarde pas. Néanmoins...

— Que diable a-t-il pu vous raconter ? interrompit le lieutenant d'Hubert, comme pris d'une frayeur subite.

— Je vous ai déjà dit que lorsque je l'ai trouvé dans le jardin il divaguait. Après, il s'est naturellement montré réticent. Mais j'ai fini par comprendre qu'il n'avait pas pu faire autrement.

— Pas pu faire autrement ? s'exclama le lieutenant d'Hubert, puis, baissant beaucoup le ton : Et moi ? Pouvais-je faire autrement ?

Le chirurgien se leva. Ses pensées allaient à sa flûte, fidèle compagne à la voix consolatrice. Au voisinage des ambulances de campagne, après vingt-quatre heures d'un labeur intense, on l'avait entendu troubler de ses sons mélodieux l'horrible immobilité des champs de bataille, abandonnés au silence et aux morts. L'heure apaisante de sa vie quotidienne approchait, et, en temps de paix, il se raccrochait à ces minutes comme l'avare à son trésor.

— Bien sûr ! Bien sûr ! fit-il négligemment. Votre façon de voir se conçoit. C'est amusant. Mais, étant neutre et bien disposé envers tous les deux, j'ai consenti à vous délivrer son message. Disons, si vous voulez, que je cherche à complaire à un malade. Il veut que vous sachiez que cette affaire n'est nullement terminée. Il a l'intention de vous envoyer ses témoins dès qu'il aura retrouvé ses forces — à condition, bien sûr, que l'armée ne soit pas alors en campagne.

— Ainsi, telle est son intention ? Parfait ! bredouilla le lieutenant d'Hubert en s'emportant.

Le secret de son exaspération restait obscur pour le visiteur ; mais cette colère le confirma dans sa conviction qu'un très grave différend s'était élevé entre ces deux jeunes gens, quelque chose d'assez important pour revêtir un air de mystère, un fait d'une extrême gravité. Ces deux jeunes gens avaient risqué d'être cassés et disgraciés à l'aube de leur carrière pour régler leur différend. Le chirurgien craignait que l'enquête ne pût satisfaire la curiosité publique. Ils ne mettraient pas le public dans la confidence à propos de ce qui s'était passé entre eux, cette chose si outrageuse qu'ils en étaient venus à risquer rien moins qu'une inculpation de meurtre. De quoi pouvait-il bien s'agir ?

Le chirurgien n'était pas très curieux de nature ; mais cette question, qui harcelait son esprit, lui fit éloigner ce soir-là l'instrument de ses lèvres à deux reprises, et rester silencieux une bonne minute — au beau milieu d'un air — en quête d'une hypothèse plausible.

II

Il n'y réussit pas mieux que le reste de la garnison et la société dans son ensemble. Les deux jeunes officiers, assez obscurs jusque-là, devinrent l'objet de la curiosité universelle éveillée par l'origine de leur querelle. Le *salon* * de madame de Lionne était le centre d'ingénieuses suppositions ; cette dame fut même un temps assaillie de questions en tant que dernière personne à avoir parlé à ces deux malheureux insensés avant qu'ils ne quittent ensemble sa demeure pour se livrer à un féroce duel au sabre, au crépuscule, dans un jardin particulier. Elle protesta n'avoir rien observé de particulier dans leur conduite. Le lieutenant Féraud était visiblement contrarié de partir, mais c'était assez naturel : aucun homme n'aime être dérangé au milieu d'une conversation avec une dame réputée pour son élégance et sa sensibilité. Mais, à vrai dire, le sujet ennuyait madame de Lionne, car même les potins les plus audacieux n'établissaient aucune corrélation entre cette affaire et sa personne. Et elle s'irritait d'entendre qu'il pourrait bien y avoir une femme là-dessous. Cette irritation ne tenait ni à son élégance ni à sa sensibilité, mais à un côté plus instinctif de sa nature, et elle finit par atteindre un degré tel qu'elle interdit formellement d'évoquer le sujet sous son toit. Cette défense fut respectée autour de son sofa, mais, un peu plus loin dans le *salon* *, le voile du silence imposé continuait à être plus ou moins soulevé. Un personnage au long visage pâle et ovin opinait en branlant du chef qu'il s'agissait d'une querelle de longue date envenimée par le temps. On lui objecta que les deux protagonistes étaient trop jeunes pour que cette théorie s'avérât juste. Ils venaient en outre de deux régions de France éloignées. Il y avait également d'autres impossibilités physiques. Un sous-commissaire à l'intendance, aimable célibataire cultivé, en culotte de casimir [1], bottes à la hessoise [2] et tunique bleue gansée d'argent, qui affectait de croire en la transmigration des âmes [3], suggéra que les deux hommes s'étaient peut-être rencontrés dans une existence antérieure. Leur discorde remontait à un passé oublié. Il pouvait s'agir de quelque chose de parfaitement inconcevable dans l'état présent de leur être ; mais leurs âmes conservaient le souvenir de leur animosité et faisaient preuve d'un antagonisme instinctif. Il développa ce thème avec une certaine jovialité. Mais l'affaire restait si absurde, tant du point de vue mondain ou militaire que de celui de l'honneur ou de la prudence, que cette étrange explication paraissait presque la plus raisonnable.

Les deux officiers n'avaient fait de confidences précises à personne. L'humiliation d'avoir été défait les armes à la main, et le sentiment inconfortable d'avoir été entraîné dans une vilaine affaire par un sort injuste, imposaient au lieutenant Féraud un mutisme complet. Il se méfiait de la sympathie humaine, qui irait bien sûr à ce freluquet de l'état-major. Étendu sur son lit, il lançait ses imprécations à la jolie servante qui les écoutait avec effroi tout en le soignant avec dévouement. Que le lieutenant d'Hubert dût bientôt « payer cela » lui semblait juste et naturel. Son principal souci était que le lieutenant Féraud ne s'excitât point. Elle le trouvait, dans l'humilité de son cœur, si admirable et fascinant que sa seule préoccupation était de le voir se rétablir rapidement, même pour reprendre ses visites au *salon* * de madame de Lionne.

Le lieutenant d'Hubert gardait quant à lui le silence pour la raison évidente qu'il n'avait personne à qui parler, à l'exception d'un jeune nigaud attaché à son service. De plus, il savait que l'incident, si grave sur le plan professionnel, avait un côté comique. Lorsqu'il y repensait, il ressentait toujours l'envie de tordre le cou au lieutenant Féraud. Mais cette image, à prendre plus au figuré qu'au sens propre, traduisait plus un état d'esprit qu'une impulsion physique véritable. En même temps, il y avait chez lui un sentiment de camaraderie et une bienveillance qui l'empêchaient d'aggraver encore la situation de son adversaire. Il ne souhaitait pas se répandre en commentaires sur cette maudite affaire. Il lui faudrait cependant dire la vérité, pour sa défense, lors de l'enquête. Et cette perspective le contrariait.

Mais il n'y eut pas d'enquête, car l'armée entra en campagne. Le lieutenant d'Hubert, libéré sans la moindre observation, reprit ses fonctions dans son régiment ; et le lieutenant Féraud, tout juste débarrassé de l'écharpe qui maintenait son bras, rejoignit sans même être interrogé son escadron, où il termina sa convalescence dans la fumée des champs de bataille et la fraîcheur des bivouacs nocturnes. Ce traitement vivifiant lui réussit si bien qu'aux premières rumeurs d'un armistice il put se livrer sans crainte à ses projets de guerre privée.

Il s'agirait cette fois d'un combat dans les règles. Il envoya deux de ses amis auprès du lieutenant d'Hubert, dont le régiment était stationné à quelques milles de là. Ces amis n'avaient posé aucune question à leur client. « J'ai un compte à régler avec ce bel officier d'état-major », avait-il sinistrement déclaré, et ils étaient partis contents accomplir leur mission. Le lieutenant d'Hubert n'eut pas de peine à trouver deux amis tout aussi discrets et dévoués à leur client. « Il y a un insensé qui a besoin d'une leçon », avait-il sèchement déclaré ; et ils ne demandèrent pas de meilleures raisons.

Un duel à l'épée de combat fut organisé sur ces bases un matin, de très bonne heure, dans un champ propice. Au troisième assaut, le lieutenant d'Hubert se retrouva étendu sur l'herbe humide, une blessure au flanc. Un clair soleil se levait à sa gauche au-dessus d'un paysage de prairies et de forêts. Un chirurgien — pas le joueur de flûte, mais un autre — était penché sur lui et palpait le pourtour de la plaie.

— C'était moins une. Mais ça ne sera rien.

Le lieutenant d'Hubert entendit ces paroles avec plaisir. Un de ses témoins, assis dans l'herbe humide pour lui soutenir la tête sur ses genoux, déclara :

— La fortune de la guerre, *mon pauvre vieux* *. Que veux-tu ? Vous feriez mieux de vous réconcilier comme deux bons compagnons d'armes. Allons !

— Tu ne sais pas ce que tu demandes, murmura le lieutenant d'Hubert, d'une voix faible. Néanmoins, s'il...

Dans un angle du champ, les témoins du lieutenant Féraud pressaient ce dernier d'aller serrer la main de son adversaire.

– Vous êtes quittes maintenant, *que diable* *. C'est ce qu'il y a de mieux à faire. Ce d'Hubert est un honnête gaillard.

– Je connais l'honnêteté de ces favoris des généraux, grommela entre ses dents le lieutenant Féraud. Et son air sombre découragea toute nouvelle tentative de réconciliation.

Les témoins, se saluant à distance, emmenèrent leurs hommes. Dans l'après-midi, le lieutenant d'Hubert, qu'une grande bravoure jointe à un caractère franc et égal rendait très populaire, reçut de nombreuses visites. On remarqua que le lieutenant Féraud ne sortit guère, contrairement à la coutume, pour recevoir les félicitations de ses amis. Elles ne lui auraient pourtant pas manqué, car il était lui aussi apprécié pour sa nature méridionale exubérante et la simplicité de son caractère. Partout où les officiers avaient l'habitude de se réunir en fin de journée, il ne fut question que de ce duel. Bien que le lieutenant d'Hubert eût cette fois été défait, on loua fort son maniement très rigoureux et très scientifique de l'épée. On chuchota même que s'il avait été touché, c'était parce qu'il avait voulu épargner son adversaire. Mais nombreux furent ceux qui déclarèrent irrésistibles la vigueur et le panache de l'attaque du lieutenant Féraud.

On débattit ouvertement des mérites des deux officiers en tant que combattants ; mais leur attitude après le duel fut l'objet de prudentes critiques. Tous déploraient que toute réconciliation fût impossible. Mais ils savaient certainement mieux que quiconque ce que leur dictait leur sens de l'honneur, et il n'appartenait pas à leurs camarades de trop s'immiscer dans ce qui restait leur affaire. Quant à l'origine de la querelle, elle datait de l'avis général de l'époque où ils se trouvaient en garnison à Strasbourg. Cette opinion faisait cependant secouer la tête au chirurgien mélomane, car, à son sens, elle remontait beaucoup plus loin.

— Mais bien sûr ! Vous devez connaître toute l'histoire, s'écrièrent plusieurs voix avec une vive curiosité. De quoi s'agissait-il donc ?

Il cessa de fixer son verre et leva posément les yeux :

— Même si je le savais, vous ne tireriez rien de moi, puisque les deux intéressés ont choisi de ne rien dire.

Il se leva et sortit, laissant planer le mystère derrière lui. Il ne pouvait pas rester plus longtemps, car l'heure magique consacrée à sa flûte approchait.

Un très jeune officier fit solennellement remarquer après son départ :

— Ses lèvres sont scellées, à l'évidence !

Personne ne mit en cause la grande justesse de cette assertion, qui ajoutait encore au caractère impressionnant de l'affaire. Plusieurs officiers des deux régiments, parmi les anciens, poussés par la simple bienveillance et l'amour de la concorde, proposèrent de constituer un tribunal d'honneur, auquel les deux jeunes gens s'en remettraient pour leur réconciliation. Malheureusement, ils s'adressèrent d'abord au lieutenant Féraud, pensant que celui-ci serait apaisé et enclin à la modération suite à son récent succès.

C'était assez bien raisonné. Pourtant la démarche se révéla malheureuse. Avec le relâchement de la tension morale provoqué par la vanité satisfaite, le lieutenant Féraud avait consenti dans le secret de son cœur à reconsidérer l'affaire. Il en était même arrivé à douter, sinon de la justice de sa cause, du moins de l'absolue sagesse de sa conduite. Cela étant, il répugnait à en parler, et la proposition des sages le plaça dans une position difficile. Il en fut écœuré, et cet écœurement, par une logique paradoxale, réveilla son animosité envers le lieutenant d'Hubert. Allait-il être éternellement harcelé par ce gaillard — ce gaillard qui avait le don diabolique d'embobiner les gens ? Et il était pourtant difficile de refuser tout net cette médiation autorisée par le code de l'honneur.

Il fit face à la difficulté en adoptant une attitude farouchement réservée. Il tortilla sa moustache et usa de termes vagues. Son cas était très clair, et il n'avait pas plus de honte à l'exposer devant un tribunal d'honneur compétent qu'il n'avait de crainte à le défendre sur le terrain. Il ne voyait pas de raison de sauter sur cette proposition avant de savoir comment elle serait accueillie par son adversaire.

Plus tard, le même jour, on l'entendit déclarer sardoniquement dans un lieu public, suite à une nouvelle bouffée d'exaspération :

— Ce serait mieux pour le lieutenant d'Hubert, car lors de notre prochaine rencontre il ne devra pas compter s'en tirer avec seulement trois petites semaines de lit.

Cette fanfaronnade avait dû lui être soufflée par le plus noir des machiavélismes. Les natures méridionales cachent souvent, sous l'exubérance apparente de leurs actes et de leurs paroles, une certaine sagacité.

Le lieutenant Féraud, qui se méfiait de la justice des hommes, ne souhaitait nullement un tribunal d'honneur; et la phrase précitée, qui s'accordait si bien avec son tempérament, eut aussi le mérite de le servir. Prononcée ou non à dessein, elle parvint en moins de vingt-quatre heures dans la chambre du lieutenant d'Hubert. Et ce dernier, soutenu par des oreillers, accueillit les ouvertures qu'on lui fit le lendemain en affirmant que l'affaire n'était pas de nature à supporter la discussion.

La pâleur de l'officier blessé, sa faible voix, qu'il devait encore ménager, et la dignité courtoise de son ton produisirent une forte impression sur ses auditeurs. Rapporté à l'extérieur, cela fit plus pour épaissir le mystère que les fanfaronnades de Féraud, qui fut fort soulagé par l'issue de cette démarche. Il commença à priser l'étonnement général, et se plut à en rajouter par son attitude de farouche discrétion.

Le colonel du régiment du lieutenant d'Hubert était un officier grisonnant et tanné qui se faisait une idée toute simple de ses responsabilités :

— Je ne peux pas laisser le meilleur de mes subalternes se faire abîmer ainsi pour rien. Il me faut tirer moi-même cette affaire au clair. Il faudra qu'il parle, quand bien même le diable y serait pour quelque chose. Un colonel doit être plus qu'un père pour ces jeunes.

Et il vouait en effet à tous ses hommes l'affection que le père d'une famille nombreuse peut porter à chacun de ses enfants. Si une erreur de la Providence faisait que les hommes naissaient simples civils, ils renaissaient au sein d'un régiment comme les enfants viennent au monde dans une famille, et c'était cette naissance militaire qui seule comptait.

Le vieux soldat éprouva une sincère compassion en voyant le lieutenant d'Hubert debout devant lui, le visage blême et les yeux creux. Toute son affection pour le régiment – ce corps d'hommes qu'il tenait dans sa main pour le lancer en avant ou le ramener à son gré en arrière, qui exaltait son orgueil et commandait toutes ses pensées – sembla se concentrer un instant sur la personne de son officier le plus prometteur. Il s'éclaircit la voix de façon menaçante et se renfrogna terriblement :

– Vous devez bien comprendre que je me moque éperdument de la vie du dernier de mes hommes. Je vous enverrais galoper, tous les huit cent quarante-trois cavaliers, hommes et chevaux, que vous êtes, dans l'abîme de perdition [4] sans plus de remords que d'avoir écrasé une mouche !

– Oui, mon colonel. Vous mèneriez la charge, fit le lieutenant d'Hubert avec un pâle sourire.

Le colonel, qui sentait le besoin de se montrer diplomate, rugit soudain :

– Sachez, lieutenant d'Hubert, que je pourrais fort bien, s'il le fallait, rester à l'écart et vous regarder vous engouffrer dans les Enfers, tous autant que vous êtes. Je suis homme à aller jusque-là si l'intérêt du service et mon devoir envers la patrie l'exigeaient. Mais c'est inconcevable, et il est donc inutile d'en parler. Ses yeux restaient furibonds, mais son ton s'adoucit. Il y a encore du lait sur votre moustache, mon garçon. Vous ne savez pas ce dont un homme comme moi est capable. Je me cacherais derrière une meule de foin si... Ne souriez pas, lieutenant. Comment osez-vous ? S'il ne s'agissait pas d'une conversation privée, je n'hésiterais pas à... Écoutez un peu ! Je suis comptable du juste nombre de vies tombées sous mon commandement pour la gloire de notre pays et l'honneur du régiment. Comprenez-vous cela ? Bien, alors à quoi diable songez-vous en vous laissant embrocher ainsi par cet officier du 7e hussards ? C'est une honte, vous m'entendez !

Le lieutenant d'Hubert se sentit vexé plus que de raison. Il eut pour toute réponse un léger haussement d'épaules. Il ne pouvait ignorer sa responsabilité.

Le colonel voila son regard et baissa encore la voix :

— C'est une honte ! murmura-t-il. Puis il changea de nouveau de ton. Voyons ! fit-il d'un ton persuasif, mais avec cette note d'autorité qui appartient à tout bon meneur d'hommes, tirons cette affaire au clair. Je veux que vous me disiez franchement de quoi il retourne. Étant votre meilleur ami, j'ai le droit de savoir.

Le poids irrésistible de l'autorité, l'influence persuasive de la bonté, jouèrent pleinement sur un homme tout juste sorti de son lit de douleur. La main que le lieutenant d'Hubert refermait sur le pommeau d'une canne trembla légèrement. Mais son tempérament d'homme du Nord, sentimental mais prudent et lucide dans son idéalisme, retint l'élan qui le poussait à avouer toute l'absurdité de cette mortelle affaire. Suivant le précepte de la sagesse transcendantale[5], il tourna sept fois sa langue dans sa bouche avant de parler, et de ne prononcer que des paroles de gratitude.

Le colonel l'écouta, d'abord intéressé, puis, confondu, il finit par se renfrogner :

— Vous hésitez ?... *Mille tonnerres !* * Ne vous ai-je pas dit que je veux bien condescendre à discuter avec vous... en ami ?

— Si, mon colonel ! répondit doucement le lieutenant d'Hubert. Mais j'ai bien peur qu'après m'avoir écouté en ami, vous n'agissiez en supérieur.

Attentif, le colonel fit claquer ses mâchoires :

– Soit, et alors ? dit-il sans ambages. Est-ce si déshonorant ?

– Assurément non, affirma le lieutenant d'Hubert, d'une petite voix ferme.

– J'agirai bien sûr dans l'intérêt du service. Rien ne peut m'en empêcher. Pourquoi donc croyez-vous que je veuille être informé ?

– Je sais que ce n'est pas par simple curiosité. Je sais que vous agirez avec sagesse. Mais que faites-vous de la bonne réputation du régiment ?

– Elle ne saurait être affectée par la sottise d'un jeune lieutenant, répondit d'un ton sévère le colonel.

– Non. Certes non. Mais elle pourrait l'être par de mauvaises langues. On dira qu'un lieutenant du 4e hussards, redoutant d'affronter son adversaire, se cache derrière son colonel. Et ce serait pire que de se cacher derrière une meule de foin... dans l'intérêt du service. Je ne saurais y consentir, mon colonel.

– Personne n'oserait dire une chose pareille, commença le colonel avec fougue, mais il termina sa phrase sur une note dubitative.

La bravoure du lieutenant d'Hubert était bien connue. Mais le colonel savait que le courage requis pour le duel, pour se battre en combat singulier, est censé, à tort ou à raison, être de nature particulière. Et il était absolument nécessaire qu'un officier de son régiment eût tous les courages et le prouvât. Le colonel avança la lèvre inférieure, le regard singulièrement vitreux perdu dans le lointain. C'était sa façon d'exprimer sa perplexité – une expression quasiment inconnue de son régiment, car la perplexité est un sentiment incompatible avec le grade de colonel de cavalerie. Il était anéanti par la nouveauté déplaisante de cette sensation. Et, n'ayant pas l'habitude de réfléchir, sauf en ce qui concernait les questions d'ordre professionnel liées au bien-être des hommes et des chevaux et à leur bonne utilisation sur le champ d'honneur, ses efforts intellectuels dégénérèrent en simples répétitions mentales de jurons : *Mille tonnerres !* * ... *Sacré nom de nom* * ..., pensait-il.

Le lieutenant d'Hubert fut secoué d'une douloureuse quinte de toux et ajouta d'une voix lasse :

— Il se trouvera beaucoup de mauvaises langues pour dire que j'ai été intimidé. Et je suis sûr que vous ne voudriez pas que je laisse passer cela. Je peux me retrouver soudain avec une douzaine de duels sur les bras au lieu de cette seule et unique affaire.

La belle simplicité d'un tel argument fit mouche. Le colonel fixa son subordonné.

— Asseyez-vous, lieutenant ! grommela-t-il. C'est bien le diable... Asseyez-vous !

— *Mon colonel* *, je ne crains pas les mauvaises langues. Il existe un moyen de les réduire au silence. Mais il y a aussi ma tranquillité d'esprit. Je ne pourrais pas me défaire de l'idée que j'ai causé la ruine d'un autre officier. Quelque mesure que vous preniez, l'affaire ira plus loin. L'enquête a été abandonnée — c'est très bien. Elle aurait été absolument fatale à Féraud.

— Hein ? Quoi ? Il s'est donc si mal conduit ?

— Oui. Passablement mal, murmura le lieutenant d'Hubert qui, encore très faible, se sentait au bord des larmes.

Comme l'autre officier n'appartenait pas à son régiment, le colonel n'eut aucune peine à le croire. Il se mit à arpenter la pièce. C'était un bon chef, un homme capable de sympathie discrète. Mais il était aussi humain par d'autres côtés, comme cela apparut, car tout artifice lui était étranger.

— Le diable, lieutenant, laissa-t-il échapper en toute innocence, c'est que j'ai affirmé mon intention de tirer au clair cette affaire. Et lorsqu'un colonel dit quelque chose... vous comprenez...

— Contentez-vous, je vous en supplie, mon colonel, interrompit solennellement le lieutenant d'Hubert, de ma parole d'honneur que j'ai été placé dans une maudite situation où je n'avais pas le choix, pas la moindre issue compatible avec ma dignité d'homme et d'officier... Après tout, mon colonel, il s'agit du fond même de l'affaire. Voilà, vous savez tout. Le reste n'est que détails...

Le colonel s'arrêta net. La réputation de bon sens et de bon caractère du lieutenant d'Hubert pesait dans la balance. Tête froide, cœur généreux, franc comme l'or. Toujours correct dans sa conduite. Il fallait lui faire confiance. Le colonel réprima hardiment une immense curiosité.

— Hum ! Vous affirmez qu'en tant qu'homme et officier... Pas le choix, dites-vous ?

— En tant qu'officier — un officier du 4e hussards de surcroît —, je n'avais pas le choix. Et voilà le fond de l'affaire, mon colonel.

— Oui. Mais je ne vois toujours pas pourquoi, à son colonel... Un colonel est un père, *que diable !* *

Le lieutenant d'Hubert n'aurait pas dû être autorisé à sortir si tôt. Il prenait conscience de son insuffisance physique avec humiliation et désespoir. Mais il était à la fois sous l'empire d'un entêtement de malade et atterré de sentir ses yeux se remplir de larmes. Cette tension semblait trop lourde pour lui. Une larme glissa le long de sa joue pâle et amaigrie.

Le colonel s'empressa de se détourner. On aurait pu entendre une mouche voler.

— Une stupide histoire de femme, sans doute ?

En prononçant ces mots, le colonel fit volte-face pour saisir la vérité, qui n'est pas une belle forme vivant au fond d'un puits, mais un oiseau craintif que l'on attrape mieux en usant de stratagèmes. Ce fut là son ultime démarche diplomatique. Il vit la vérité briller sans conteste dans le geste du lieutenant d'Hubert levant ses bras affaiblis et les yeux au ciel en une protestation suprême.

— Pas une affaire de femme, hein ? grommela le colonel en le dévisageant. Je ne vous demande ni qui ni où. Tout ce que je veux savoir, c'est s'il y a une femme là-dessous.

Le lieutenant d'Hubert baissa les bras, et sa faible voix se brisa de façon pathétique.

— Rien de tel, *mon colonel* *.

— Sur l'honneur ? insista le vieux soldat.

— Sur l'honneur.

— Très bien, fit le colonel, en se mordant la lèvre d'un air pensif.

Les arguments du lieutenant d'Hubert, joints à la sympathie qu'il éprouvait pour ce jeune homme, l'avaient convaincu. D'un autre côté, il était très malséant que son intervention, dont il n'avait pas fait mystère, restât sans effet visible. Il garda encore un peu le lieutenant d'Hubert, puis le congédia avec bienveillance.

— Gardez le lit encore quelques jours, lieutenant. Où diable le chirurgien avait-il la tête en vous déclarant apte à reprendre le service ?

En sortant de chez le colonel, le lieutenant d'Hubert ne dit rien à l'ami qui l'attendait pour le raccompagner chez lui. Il ne souffla mot à personne, ne fit aucune confidence. Mais, en se promenant ce soir-là sous les ormes près de sa résidence en compagnie du commandant en second, le colonel prit la parole.

— Je suis allé au fond de cette affaire.

Le lieutenant-colonel, un petit homme sec et brun, aux favoris courts, dressa l'oreille sans laisser voir le moindre signe de curiosité.

— Ce n'est pas une mince affaire, ajouta le colonel, d'un ton magistral.

L'autre attendit un long moment avant de murmurer :

— Certes, colonel.

— Pas une mince affaire, répéta le colonel en regardant droit devant lui. J'ai cependant défendu à d'Hubert de défier Féraud en duel, ou de relever un défi de ce dernier, durant les douze prochains mois.

Il avait imaginé cette interdiction pour sauvegarder le prestige dont tout colonel doit être doté. Elle eut pour effet de sceller officiellement le mystère dont était entourée cette querelle mortelle. Le lieutenant d'Hubert opposa un silence implacable à toutes les tentatives visant à lui arracher la vérité. Le lieutenant Féraud, d'abord secrètement inquiet, retrouva peu à peu son assurance. Il dissimulait sous un léger rire sardonique son ignorance des raisons de cette trêve imposée, comme si ce qu'il entendait garder pour lui seul l'amusait. « Mais que vas-tu faire ? » lui demandaient ses camarades. Et il se contentait de répondre : « *Qui vivra verra* * », avec une certaine truculence. Et tous admiraient sa discrétion.

Le lieutenant d'Hubert passa capitaine avant la fin de la trêve. Sa promotion était certes méritée, mais personne ne semblait s'y attendre. En apprenant la nouvelle lors d'une réunion d'officiers, le lieutenant Féraud marmonna entre ses dents : « Vraiment ? » Puis, décrochant son sabre suspendu à une patère près de la porte et le bouclant avec soin, il quitta la compagnie sans ajouter le moindre mot. Il rentra chez lui à pas mesurés, battit son briquet et alluma sa chandelle. Puis, saisissant un malheureux verre sur la cheminée, il le jeta violemment à terre.

Maintenant que d'Hubert était un officier d'un grade supérieur, il n'était plus question de duel. Aucun des deux ne pouvait lancer ou relever un défi sans être passible du conseil de guerre. Il ne fallait pas y songer. Le lieutenant Féraud, qui n'éprouvait plus depuis déjà longtemps le réel désir de rencontrer le lieutenant d'Hubert les armes à la main, s'emporta à nouveau contre l'injustice systématique du sort. Croit-il pouvoir s'en tirer ainsi ? pensa-t-il, indigné. Il voyait dans cette promotion une intrigue, une conspiration, une lâche manœuvre. Ce colonel savait ce qu'il faisait. Il s'était empressé de recommander son favori pour l'avancement. Il était scandaleux qu'un homme pût éviter les conséquences de ses actes de si sournoise et tortueuse manière.

De nature insouciante et de tempérament plus batailleur que militaire, le lieutenant Féraud s'était contenté de recevoir des coups par simple goût de la lutte armée, sans jamais beaucoup penser à l'avancement. Mais un besoin urgent de monter en grade s'emparait maintenant de lui. Ce sabreur de vocation résolut de saisir toutes les occasions de se mettre en avant, et de briguer la faveur de ses chefs comme tout bon mondain. Il se savait aussi brave que quiconque et ne doutait jamais de son charme personnel. Pourtant, ni la bravoure ni le charme ne semblaient opérer bien vite. Son engageante truculence de *beau sabreur* * insouciant subit un changement radical. Il se mit à faire des allusions amères sur « les petits malins prêts à tout pour de l'avancement ». « L'armée en était pleine », disait-il. Il n'y avait qu'à regarder autour de soi. Mais il n'avait qu'une seule personne en vue, son adversaire, d'Hubert. Il confia même à un ami compréhensif :

– Moi, vois-tu, je ne sais pas flatter les gens qu'il faut. Ce n'est pas dans mon caractère.

Il n'obtint son avancement qu'une semaine après Austerlitz[6]. La cavalerie légère de la Grande Armée eut, un temps encore, de quoi bien besogner. Mais dès que cette fièvre fut retombée, le capitaine Féraud ne perdit pas de temps pour organiser une rencontre.

– Je connais mon oiseau, fit-il d'un air sinistre. Si je n'y veille pas, il s'arrangera pour avoir de l'avancement en marchant sur la tête d'une douzaine d'officiers plus méritants. Il sait y faire.

Ce duel eut lieu en Silésie, et sinon jusqu'à la mort, du moins jusqu'à l'immobilisation des deux adversaires. L'arme était le sabre de cavalerie, et l'habileté, la science, la vigueur et la détermination dont firent preuve les duellistes forcèrent l'admiration des témoins. On en parla sur les deux rives du Danube, et jusqu'à Graz et Laibach[7]. Sept fois ils croisèrent le fer, chacun recevant de nombreuses taillades et saignant abondamment. Ils refusèrent à maintes reprises l'arrêt du combat avec ce qui paraissait être une haine mortelle. Cette apparence était causée chez le capitaine d'Hubert par le désir naturel d'en finir une bonne fois pour toutes avec ce tracas, et chez le capitaine Féraud par la formidable exaltation de son instinct batailleur et l'aiguillon de sa vanité blessée. Finalement, échevelés, la chemise en lambeaux, couverts de sang et tenant difficilement debout, ils furent emmenés de force par leurs témoins émerveillés et horrifiés. Plus tard, assaillis par des camarades avides de détails, ces messieurs déclarèrent qu'ils ne pouvaient les laisser se tailler en pièces indéfiniment. Questionnés pour savoir si la querelle était cette fois bien vidée, ils dirent avoir la conviction que seule la mort sur le terrain de l'un ou de l'autre pourrait régler ce différend. Le bruit passa d'un corps d'armée à l'autre pour gagner jusqu'aux plus petits détachements cantonnés entre le Rhin et la Save [8]. On estimait généralement dans les cafés de Vienne, d'après les derniers détails connus, que les adversaires pourraient se rencontrer de nouveau sous trois semaines. On s'attendait à quelque chose de vraiment transcendant en matière de duel.

Ces attentes furent réduites à néant par les nécessités du service qui séparèrent les deux officiers. On n'avait prêté aucune attention officielle à leur querelle, qui était maintenant la propriété de l'armée, et dont on ne pouvait se mêler à la légère. Mais l'histoire du duel, ou plutôt leur penchant pour le duel, avait dû nuire à leur avancement, car ils étaient toujours capitaines lorsqu'ils se rencontrèrent de nouveau durant la guerre contre la Prusse [9]. Détachés au nord après Iéna, l'armée étant commandée par le maréchal Bernadotte, prince de Pontecorvo, ils entrèrent ensemble dans Lubeck [10].

Ce ne fut qu'une fois la ville occupée que le capitaine Féraud trouva le loisir de songer à sa conduite future, attendu que le capitaine d'Hubert venait d'être nommé troisième aide de camp du maréchal. Il y réfléchit une bonne partie de la nuit, avant de faire venir au matin deux amis compréhensifs.

— J'y ai bien réfléchi, déclara-t-il en les fixant de ses yeux fatigués et injectés de sang. Je me vois dans l'obligation de me débarrasser de cet intrigant. Il a réussi cette fois à s'insinuer dans l'état-major personnel du maréchal. C'est une provocation directe à mon endroit. Je ne puis tolérer une situation qui m'expose à recevoir un jour un ordre par son intermédiaire. Et Dieu sait quel ordre ! Cela s'est déjà produit une fois, et c'est une fois de trop. Il le comprend très bien, soyez-en sûrs. Je ne puis vous en dire plus. Vous savez maintenant ce qu'il vous reste à faire.

La rencontre eut lieu hors des murs de Lubeck, sur un terrain très découvert, choisi avec un soin particulier et en tenant compte du sentiment général de la division de cavalerie appartenant au corps d'armée, qui estimait que cette fois les deux officiers devaient se rencontrer à cheval. Après tout, ce duel était une affaire de cavalerie, et persister à combattre à pied serait faire fi de l'arme où l'on servait. Les témoins, surpris par le caractère inhabituel de la suggestion, s'empressèrent d'en référer à leurs clients. Le capitaine Féraud la saisit au bond. Pour quelque obscure raison, liée sans doute à sa psychologie, il s'imaginait invincible à cheval. Tout seul, entre les quatre murs de sa chambre, il se frotta les mains et murmura d'un ton triomphant : « Ha ! ha ! mon bel officier d'état-major, je te tiens cette fois. »

Quant au capitaine d'Hubert, après avoir fixé très longtemps ses amis, il haussa légèrement les épaules.

Cette affaire avait désespérément et stupidement compliqué sa vie. Qu'importait une absurdité de plus ou du moins ? Toute absurdité lui répugnait, mais, avec sa courtoisie habituelle, il esquissa un petit sourire ironique et dit de sa voix calme :

– Cela rompra un peu avec la monotonie de la chose.

Lorsqu'il fut seul, il s'assit à une table et se prit la tête entre les mains. Il ne s'était pas ménagé ces derniers temps, et le maréchal avait beaucoup exigé de tous ses aides de camp. Les trois dernières semaines de campagne par un temps épouvantable avaient altéré sa santé. Lorsqu'il était épuisé, il souffrait d'un point de côté, là où il avait été blessé, et cette sensation désagréable le déprimait toujours : C'est encore la faute de cette brute, pensait-il avec amertume.

Il avait reçu la veille une lettre de sa famille lui annonçant que sa sœur unique allait se marier. Il réfléchit que depuis son départ en garnison à Strasbourg, elle avait alors dix-neuf ans et lui vingt-six, il ne l'avait vue qu'à deux brèves reprises. Ils avaient été grands amis et confidents, et maintenant on allait la marier à un homme qu'il ne connaissait pas – quelqu'un sans doute de très honorable, pas moitié assez bien pour elle. Il ne reverrait jamais sa chère Léonie. Elle avait une petite tête bien pleine, et beaucoup de tact ; elle saurait s'y prendre avec son mari. Il ne doutait pas du bonheur de sa sœur, mais il se sentait évincé de la première place qu'il occupait dans ses pensées depuis qu'elle avait su parler. Le regret nostalgique de ses années d'enfance envahit le capitaine d'Hubert, troisième aide de camp du prince de Pontecorvo.

Il écarta la lettre de félicitations qu'il avait commencé à rédiger par obligation, mais sans enthousiasme. Il prit une autre feuille de papier et y traça les mots : *Mes dernières volontés*. Absorbé par la contemplation de ces trois mots, il s'abandonna à des réflexions déplaisantes. Le pressentiment qu'il ne reverrait jamais le décor de son enfance pesait sur son humeur égale. Il se leva d'un bond, repoussant sa chaise, bâilla avec soin pour bien montrer qu'il n'avait cure des pressentiments, et, se jetant sur son lit, s'endormit. Durant la nuit, il frissonna à plusieurs reprises sans se réveiller. Le lendemain matin, il chevaucha hors de la ville entre ses deux témoins, échangeant des banalités et regardant à gauche et à droite, avec un détachement apparent, les épaisses brumes matinales qui recouvraient les champs verts et plats bordés de haies. Il franchit un fossé, et vit de nombreuses silhouettes de cavaliers dans la brume.

— Il semblerait que nous allons nous battre devant la galerie, murmura-t-il amèrement en aparté.

Ses témoins étaient plutôt inquiets de l'état du ciel, mais un pauvre soleil blafard finit par émerger des basses vapeurs, et le capitaine d'Hubert distingua au loin trois cavaliers un peu à l'écart des autres. Il s'agissait du capitaine Féraud et de ses témoins. Il dégaina son sabre pour s'assurer qu'il était bien fixé à son poignet. Les témoins, qui avaient formé jusque-là un groupe compact, leurs chevaux tête contre tête, se séparèrent au petit galop, laissant un vaste champ libre entre son adversaire et lui. Le capitaine d'Hubert regarda le piètre soleil, les champs tristes, et l'imbécillité du combat imminent le remplit de désolation. D'un coin éloigné du champ, une voix de stentor hurla les commandements à intervalles réguliers : *Au pas — Au trot — Charrrgez !* * ... On n'a pas en vain le pressentiment de sa mort, pensa-t-il en éperonnant son cheval.

Aussi fut-il plus que surpris lorsque, au tout premier choc, le capitaine Féraud reçut une blessure au front qui l'aveugla de sang et mit fin au combat presque avant qu'il eût véritablement commencé. Il était impossible de continuer. Le capitaine d'Hubert, laissant son ennemi jurer horriblement et chanceler sur sa selle entre ses témoins atterrés, franchit de nouveau le fossé pour gagner la route et rentrer chez lui au trot avec ses deux témoins, qui semblaient plutôt horrifiés par une issue aussi expéditive. Et il termina dans la soirée sa lettre de félicitations à l'adresse de sa sœur pour son mariage.

Il était tard lorsqu'il y mit le point final. C'était une longue lettre. Il avait laissé libre cours à son imagination. Il disait à sa sœur qu'il allait se sentir plutôt seul après ce grand changement dans sa vie ; mais le jour viendrait pour lui aussi de se marier. En fait, il pensait déjà à l'heure où il n'y aurait plus personne à combattre en Europe, et où l'ère des guerres serait révolue. *J'espère me trouver alors très près du bâton de maréchal, et toi, épouse expérimentée, tu me chercheras une femme. Je serai probablement chauve d'ici là, et un peu* blasé *. *Il me faudra une jeune fille, jolie, bien sûr, et dotée d'une grande fortune, ce qui devrait me permettre de terminer ma glorieuse carrière dans la splendeur convenant à mon haut rang.* Il racontait pour terminer comment il avait donné une leçon à un gaillard querelleur et ennuyeux qui s'imaginait avoir un grief contre lui. *Mais, si tu entends dire, au fond de ta province, que ton frère est d'un tempérament querelleur, surtout n'en crois rien.*

Qui sait quels ragots pourraient atteindre tes oreilles innocentes. Quoi que tu entendes, dis-toi bien que ton frère très affectionné n'a rien d'un bretteur. Puis le capitaine d'Hubert froissa la feuille de papier où il avait écrit *Mes dernières volontés* et la jeta au feu en riant franchement de lui-même. Il n'avait cure de ce que cet énergumène pouvait faire. Il avait brusquement acquis la conviction que son adversaire ne pouvait nullement influer sur son existence, sauf, peut-être, en mettant une animation toute particulière dans les délicieux intervalles pleins de gaieté qui séparaient les campagnes.

Et pourtant, il ne devait plus y avoir d'intervalles paisibles dans la carrière du capitaine d'Hubert. Il vit les champs de bataille d'Eylau et de Friedland [11], fit des marches et des contremarches dans la neige, dans la boue, dans la poussière des plaines polonaises, glanant honneur et avancement sur toutes les routes du nord-est de l'Europe. Pendant ce temps, le capitaine Féraud, dépêché au sud avec son régiment, prenait part à une peu satisfaisante guerre d'Espagne. Ce n'est que lors des préparatifs de la campagne de Russie [12] qu'il fut rappelé au nord, quittant sans regret le pays des mantilles et des oranges.

Les premiers signes d'une calvitie assez seyante accrut l'aspect altier du front du colonel d'Hubert, un front qui n'était plus blanc et lisse comme au temps de sa jeunesse. Le regard franc et doux de ses yeux bleus s'était un peu durci à trop percer la fumée des batailles. La chevelure d'ébène du colonel Féraud, rude et crêpée comme une calotte de crin, laissait voir de nombreux fils d'argent sur les tempes. Une détestable guerre d'embuscades et de peu glorieuses surprises n'avaient pas amélioré son caractère. La courbure de son nez crochu était désagréablement mise en évidence par un pli profond de chaque côté de la bouche. Des rides rayonnaient de ses orbites rondes. Il rappelait plus que jamais un oiseau irritable au regard fixe, croisement de perroquet et de hibou. Il exprimait toujours avec la même véhémence sa haine des « intrigants » et saisissait toutes les occasions qui s'offraient à lui d'affirmer qu'il n'allait pas chercher son avancement dans l'antichambre des maréchaux. Les infortunés civils ou militaires, qui, pour se montrer aimables, priaient le colonel Féraud de leur dire comment il avait reçu cette estafilade qui lui barrait le front, étaient surpris de se voir rabrouer de différentes façons, simplement grossières ou mystérieusement sarcastiques. Les jeunes officiers étaient gentiment prévenus par leurs camarades plus expérimentés de ne pas fixer de manière trop ostentatoire la cicatrice du colonel. Mais, en vérité, il eût fallu qu'un officier fût bien jeune dans le métier des armes pour ne pas avoir entendu l'histoire légendaire de ce duel ayant pour origine une mystérieuse offense impardonnable.

III

La retraite de Russie fit disparaître tous les sentiments personnels sous un flot de désastres et de misères. Colonels sans régiments, d'Hubert et Féraud portaient le fusil dans les rangs du fameux bataillon sacré, formé d'officiers de toutes armes qui n'avaient plus de troupes à commander.

Dans ce bataillon, les colonels tenaient lieu de sergents, les généraux étaient à la tête des compagnies, et un maréchal de France, prince de l'Empire [1], commandait l'ensemble. Tous s'étaient munis de fusils ramassés sur la route et de cartouches prises sur les morts. Dans la destruction générale des liens de discipline et de devoir qui cimentent les compagnies, les bataillons, les régiments, les brigades et les divisions d'une multitude armée, ce corps d'hommes mettait son orgueil à conserver un semblant d'ordre et d'unité. Les seuls traînards étaient ceux qui s'écroulaient pour abandonner au froid leur âme épuisée. Ils continuaient leur marche pénible, et leur passage ne troublait pas le silence de mort des plaines baignées par la clarté livide des neiges sous un ciel de cendre. Des tourbillons balayaient les champs, déferlaient sur la sombre colonne, l'enveloppaient dans un déluge de glaçons, puis se calmaient pour révéler le calvaire de sa marche tragique où l'allant et le rythme du pas militaire n'étaient plus que souvenirs. Elle avançait toujours, les hommes n'échangeant ni mots ni regards ; des rangs entiers marchaient coude à coude, jour après jour, sans jamais quitter le sol des yeux, comme perdus dans des réflexions désespérées. Dans les noires forêts de pins muettes, ils n'entendaient que le craquement des branches surchargées. Souvent aucun mot n'était prononcé de l'aube jusqu'au crépuscule dans toute la colonne. On eût dit une marche *macabre* * de cadavres luttant pour atteindre une tombe lointaine. Seule une alerte aux cosaques parvenait à réveiller dans leurs yeux un semblant de résolution martiale. Le bataillon faisait demi-tour et se déployait, ou formait le carré sous une incessante pluie de neige. Un nuage de cavaliers portant des toques de fourrure, pointaient de longues lances et hurlaient des hourras autour de leur immobilité menaçante d'où partaient, avec des détonations sourdes, des centaines de flammes rouge sombre qui fendaient l'air chargé de neige. En quelques secondes les cavaliers s'évanouissaient, comme emportés en hurlant par la tempête, et le bataillon sacré, seul et figé dans la tourmente, n'entendait que le hurlement du vent, dont les rafales glaçaient les hommes jusqu'au cœur. Puis, avec un ou deux cris de *Vive l'Empereur* * !, il reprenait sa marche, laissant derrière lui quelques corps pelotonnés, minuscules taches noires sur l'immensité blanche des neiges.

Bien que marchant souvent dans les rangs, ou combattant par escarmouches côte à côte dans les bois, les deux officiers s'ignoraient, non pas tant par intention hostile que par réelle indifférence. Il leur fallait toute leur énergie morale pour résister à la terrible hostilité de la nature et au sentiment écrasant d'un désastre irrémédiable. Ils comptèrent jusqu'au bout parmi les plus actifs et les moins démoralisés du bataillon. Leur robuste vitalité les investissait d'une aura d'héroïsme aux yeux de leurs camarades. Et ils n'échangeaient jamais que quelques mots en passant, sauf le jour où, escarmouchant en avant du bataillon harcelé par une attaque de cavalerie, ils se trouvèrent isolés dans les bois par un détachement de cosaques. Une vingtaine de cavaliers hirsutes et coiffés de toques de fourrure allaient et venaient autour d'eux en brandissant leurs lances dans un silence lourd de menaces ; mais les deux officiers n'avaient nullement envie de déposer leurs armes, et le colonel Féraud parla soudain d'un ton rauque, en épaulant son fusil :

— Visez le plus proche, colonel d'Hubert ; je me charge de l'autre. Je suis meilleur tireur que vous.

Le colonel d'Hubert acquiesça d'un signe de tête tout en mettant l'homme en joue. Leurs épaules s'appuyaient contre le tronc d'un gros arbre ; d'énormes amoncellements de neige les protégeaient d'une attaque frontale. Deux coups bien ajustés retentirent dans l'air glacé, deux cosaques chancelèrent sur leur selle. Les autres se regroupèrent autour de leurs camarades blessés et, considérant que le jeu n'en valait pas la chandelle, s'enfuirent hors de portée, au galop. Les deux officiers s'arrangèrent pour rejoindre leur bataillon au bivouac. Cet après-midi-là, ils s'étaient appuyés plus d'une fois l'un sur l'autre, et, vers la fin, le colonel d'Hubert, dont les grandes jambes étaient un avantage pour marcher dans la neige fraîche, prit d'autorité le fusil du colonel Féraud, et le porta sur l'épaule, tout en se servant du sien comme d'une canne.

Aux abords d'un village à moitié enfoui sous la neige, une vieille grange de bois brûlait d'une immense flamme claire. Le bataillon sacré de squelettes enveloppés de haillons se pressait du côté du vent, tendant vers le feu des centaines de mains engourdies et décharnées. Personne n'avait remarqué leur approche. Avant d'entrer dans le cercle de lumière qui jouait sur les visages hâves aux yeux vitreux, le colonel d'Hubert s'exprima à son tour :

— Voilà votre fusil, colonel Féraud. Je suis meilleur marcheur que vous.

Le colonel Féraud opina et poussa jusqu'à la chaleur qui se dégageait des flammes vives. Le colonel d'Hubert, bien que plus circonspect, ne fut pas moins résolu à obtenir une place au premier rang. Ceux qu'ils coudoyaient tentèrent de saluer d'un pauvre vivat le retour des deux indomptables compagnons d'activité et d'endurance. Ces qualités viriles n'avaient peut-être jamais reçu de plus grand hommage que cette maigre acclamation.

Telle est la relation fidèle des propos échangés lors de la retraite de Russie par les colonels Féraud et d'Hubert. La taciturnité du colonel Féraud était la marque d'une fureur concentrée. Petit, velu, le visage noir, recouvert de plusieurs couches de crasse, la barbe naissante dure et drue, une main gelée enveloppée de chiffons sales et portée en écharpe, il accusait le sort d'une perfidie sans pareille à l'égard du sublime Homme du Destin[2]. Le colonel d'Hubert, sa longue moustache pendant en glaçons de chaque côté de ses lèvres bleues et crevassées, ses paupières enflammées par l'éclat éblouissant des neiges, l'essentiel de son costume se résumant à un manteau en peau de mouton arraché avec peine au cadavre gelé d'un civil qui suivait l'armée, découvert dans une charrette abandonnée, considérait les événements de façon plus posée. Ses beaux traits réguliers, maintenant réduits à de simples contours osseux et à des creux étiques, se protégeaient sous un capuchon de femme en velours noir, par-dessus lequel il avait enfoncé un chapeau à cornes ramassé sous les roues d'un fourgon militaire vide, qui, naguère, avait dû contenir les bagages de quelque officier général. Le manteau en peau de mouton, trop court pour un homme de sa taille, s'arrêtait très haut, et laissait voir sous son pantalon en loques la peau bleuie de ses jambes. Ce qui ne suscitait dans ces circonstances ni railleries ni pitié, personne ne se souciant de l'état ou de l'apparence de son voisin. Le colonel d'Hubert lui-même, endurci au froid, souffrait surtout dans son amour-propre de l'indécence lamentable de son costume. Un étourdi pourrait croire que, vu la multitude de corps inanimés qui jonchaient le chemin de la retraite, il ne devait pas être difficile de remédier à ce problème. Mais prendre une culotte à un cadavre gelé n'est pas aussi facile en pratique qu'en théorie. Cela nécessite du temps et des efforts. Il vous faut rester derrière alors que vos compagnons continuent d'avancer. Le colonel d'Hubert éprouvait des scrupules à sortir des rangs. Une fois à l'écart, il ne pouvait avoir la certitude de rejoindre son bataillon ; et l'affreuse intimité de cette lutte avec les morts gelés, opposant la rigidité du fer à la violence, répugnait à sa sensibilité délicate. Fort heureusement, un jour qu'il fouillait dans un monticule entre les cabanes d'un village dans l'espoir d'y trouver une pomme de terre gelée ou quelques rognures de légumes qu'il pourrait se mettre sous ses longues dents branlantes, il découvrit deux nattes dont se servent les paysans russes pour garnir les côtés de leurs charrettes. Celles-ci, débarrassées de la neige gelée qui les recouvrait, enroulées autour de son élégante personne et solidement attachées autour de sa taille, firent pour le bas du corps un vêtement en forme de cloche, une sorte de jupon raide, qui rendait au colonel d'Hubert un aspect parfaitement décent, tout en le faisant beaucoup plus remarquer.

Ainsi accoutré, il continua à battre en retraite, ne doutant jamais de son salut personnel, mais rempli d'autres craintes. Il ne restait rien de son ancien optimisme. Si la route de la gloire était jalonnée de tels imprévus, il se demandait – en homme réfléchi – si le guide était tout à fait digne de confiance. C'était une tristesse patriotique, certes mêlée de soucis d'ordre personnel, mais très différente de l'indignation irraisonnée contre les hommes et les choses que nourrissait le colonel Féraud. Ayant repris des forces pendant trois semaines dans une petite ville allemande, le colonel d'Hubert fut étonné de découvrir en lui l'amour du repos. Sa vigueur renaissante était étrangement pacifique dans ses aspirations. Il médita en silence sur ce bizarre changement d'humeur. Beaucoup de ses camarades officiers firent certainement la même expérience morale. Mais ce n'était pas l'heure d'en parler. Dans une de ses lettres adressées à sa famille, le colonel d'Hubert écrivait : *Tous tes plans, ma chère Léonie, pour me faire épouser la charmante jeune fille que tu as découverte dans ton voisinage semblent plus lointains que jamais.*

La paix n'est pas pour demain. L'Europe a besoin d'une autre leçon. La tâche sera rude, mais nous la mènerons à bien, car l'Empereur est invincible.

Ainsi écrivait de Poméranie le colonel d'Hubert à sa sœur mariée et installée dans le Midi. Et de tels sentiments n'auraient pas été désavoués par le colonel Féraud, qui n'écrivait à personne, dont le père avait été de son vivant un forgeron illettré, qui n'avait ni frère ni sœur, et que personne ne désirait ardemment unir à une charmante jeune fille pour mener une vie paisible. Mais la lettre du colonel d'Hubert contenait aussi quelques généralités philosophiques sur la fragilité de toute espérance personnelle indissolublement liée au destin prestigieux d'un être certes incomparablement grand, mais qui n'en demeurait pas moins un homme. Une opinion qui aurait paru une véritable hérésie au colonel Féraud. Certains pressentiments mélancoliques en rapport avec les opérations militaires, bien qu'exprimés avec prudence, auraient été purement et simplement qualifiés de haute trahison par le colonel Féraud. Mais Léonie, la sœur du colonel d'Hubert, les accueillit avec une profonde satisfaction, et, pliant la lettre d'un air songeur, elle se dit qu'Armand finirait par devenir quelqu'un de sensé. Depuis son mariage dans une famille méridionale, elle croyait ardemment au retour du roi légitime. À la fois pleine d'espérance et d'inquiétude, elle priait soir et matin, et brûlait des cierges dans les églises pour la sauvegarde et la prospérité de son frère.

Elle avait toutes les raisons de croire que ses prières étaient entendues. Le colonel d'Hubert passa par Lützen, Bautzen et Leipzig[3] sans perdre un seul membre, mais en s'y forgeant un surcroît de réputation. Adaptant sa conduite aux nécessités de cette affreuse période, il n'avait jamais fait état de ses appréhensions. Il les dissimulait tellement sous une joyeuse et aimable courtoisie que les gens étaient enclins à se demander avec étonnement si le colonel d'Hubert était au courant des désastres. Son regard, comme ses manières, ne trahissait pas la moindre inquiétude. La tranquille aménité de ses yeux bleus déconcertait tous les rouspéteurs et faisait même hésiter le désespoir.

Cette attitude fut appréciée par l'Empereur en personne ; car le colonel d'Hubert, attaché maintenant à l'état-major du général de division, attira plusieurs fois le regard impérial. Mais elle exaspérait, par contre, la nature hautement impétueuse du colonel Féraud. De passage à Magdebourg[4] pour raison de service, et alors qu'il dînait, l'air lugubre, à la table du *commandant de place* *, il se permit de déclarer en parlant de son vieil adversaire : « Cet homme n'aime pas l'Empereur. » Propos que les autres invités accueillirent dans un profond silence. La conscience troublée par l'atrocité d'une telle allégation, il éprouva le besoin de l'étayer :

— J'ai fini par le connaître, s'écria-t-il en ponctuant cette assertion de quelques jurons. On étudie son adversaire. Je l'ai affronté sur le terrain une demi-douzaine de fois, comme toute l'armée le sait. Que voulez-vous de plus ? Si cela ne suffit pas au dernier des crétins pour juger son homme, le diable m'emporte si je connais la réponse. Et il promena son regard obstiné et sombre autour de la table.

Plus tard, à Paris, alors qu'il était très pris par la réorganisation de son régiment, le colonel Féraud apprit que le colonel d'Hubert avait été fait général.

Jetant à son informateur un regard incrédule, il croisa les bras et se détourna en grommelant :

– Rien ne me surprend de la part de cet homme.

Et il ajouta, tout haut, par-dessus son épaule :

—Vous m'obligeriez beaucoup en disant au général d'Hubert, à la première occasion, que son avancement le sauve pour un temps d'une rencontre bigrement chaude. Je ne faisais qu'attendre sa venue en ces lieux.

L'autre officier protesta.

– Pouviez-vous vraiment y penser, colonel Féraud, à un moment où chaque vie se doit d'être consacrée à la gloire et au salut de la France ?

Mais le caractère du colonel Féraud s'était altéré sous l'effet de la déception causée par les revers militaires. Comme bien d'autres, le malheur le rendait méchant.

– Je ne saurais lier l'existence du général d'Hubert à la gloire et au salut de la France, lança-t-il sèchement. Vous ne prétendriez pas le connaître mieux que moi, par hasard ? Moi qui l'ai affronté une demi-douzaine de fois sur le terrain !

Son interlocuteur, un jeune homme, en fut réduit au silence. Le colonel Féraud arpentait la pièce.

– Ce n'est pas le moment de prendre des gants. Je ne peux pas croire que cet homme ait jamais aimé l'Empereur. Il a ramassé ses étoiles de général sous les bottes du maréchal Berthier [5]. Fort bien. J'obtiendrai les miennes autrement, et nous réglerons une affaire qui n'a que trop duré.

Le général d'Hubert, informé indirectement de l'attitude du colonel Féraud, fit le geste d'écarter un importun. Ses pensées allaient à des préoccupations autrement plus graves. Il n'avait pas eu le temps de rendre visite à sa famille. Sa sœur, dont les espoirs royalistes se renforçaient de jour en jour, et bien que très fière de son frère, regrettait d'une certaine manière son récent avancement, car elle y voyait une marque évidente de la faveur de l'usurpateur qui risquait de nuire par la suite à sa carrière. Il lui écrivit que seul un ennemi juré pouvait l'accuser d'avoir obtenu son avancement par faveur. Quant à sa carrière, il l'assurait qu'il ne voyait pas plus loin que le prochain champ de bataille.

Ayant commencé la campagne de France dans cet état d'esprit, le général d'Hubert fut blessé au second jour de la bataille de Laon [6]. Tandis qu'on l'évacuait, il entendit que le colonel Féraud, promu général à l'instant même, avait été envoyé pour le remplacer à la tête de sa brigade. Sa réaction immédiate fut de maudire le sort, car il était alors incapable de discerner tous les avantages d'une vilaine blessure. Et c'était pourtant par cette méthode héroïque que la Providence forgeait son avenir. En gagnant par petites étapes, et sous la garde d'un vieux serviteur fidèle, la maison de sa sœur dans le Midi, le général d'Hubert se vit épargner les contacts humiliants et les problèmes de conduite à tenir qui assaillirent les hommes de l'empire napoléonien à l'heure de sa chute. Allongé dans son lit, les fenêtres de sa chambre grandes ouvertes au soleil de Provence, il perçut l'indéniable faveur que lui avait fait cet éclat tordu d'obus prussien, qui, en tuant net son cheval et en lui déchirant la cuisse, lui avait épargné un conflit avec sa conscience. Après ces quatorze années passées en selle, le sabre à la main, et avec le sentiment du devoir accompli jusqu'au bout, le général d'Hubert trouva dans la résignation une vertu facile. Sa sœur était ravie de le voir si raisonnable. « Je me remets corps et âme entre tes mains, ma chère Léonie », lui avait-il déclaré.

Il était encore alité lorsque, grâce au crédit de la famille de son beau-frère, il reçut du gouvernement royal non seulement la confirmation de son grade, mais l'assurance de son maintien en activité. À ces bonnes nouvelles s'ajoutait un congé de convalescence illimité. L'opinion défavorable qu'on avait de lui dans les milieux bonapartistes, bien que reposant sur rien de plus concret que l'assertion gratuite du général Féraud, était directement responsable de son maintien parmi les cadres de l'active. Quant au général Féraud, son rang fut également confirmé. C'était plus qu'il n'osait espérer. Mais le maréchal Soult[7], ministre de la Guerre de la monarchie restaurée, gardait sa faveur aux officiers qui avaient servi en Espagne. Cependant, même la protection du maréchal ne put assurer son maintien dans le service actif. Il restait irréconciliable, oisif et sinistre, cherchant dans d'obscurs restaurants la compagnie d'autres demi-solde[8] qui chérissaient de vieilles cocardes tricolores, défraîchies mais glorieuses, dans leurs poches de poitrine, et boutonnaient leurs uniformes fripés avec les boutons à l'effigie de l'aigle interdit, se déclarant trop pauvres pour supporter les frais qu'occasionnerait ce changement.

Le retour triomphal de l'île d'Elbe[9], un fait historique aussi merveilleux et incroyable que les exploits d'un demi-dieu de la mythologie, trouva le général d'Hubert toujours incapable de monter à cheval. Il ne pouvait d'ailleurs pas davantage marcher normalement. Ces incapacités, providentielles aux yeux de madame Léonie, aidèrent à tenir son frère éloigné de tout mauvais coup. Car c'est avec consternation qu'elle avait remarqué que son état d'esprit était alors très loin d'être raisonnable. Cet officier général, qui risquait encore de perdre un membre, avait été découvert une nuit dans les écuries du château par un palefrenier qui, apercevant une lumière, avait crié au voleur. Sa béquille à moitié enfouie dans la paille de la litière, le général sautait à cloche-pied dans un box autour d'un cheval qui s'ébrouait alors qu'il tentait de le seller. Tels étaient les effets de la magie impériale sur un tempérament calme et un esprit pondéré. Face aux larmes, aux supplications, à l'indignation, aux remontrances et aux reproches de sa famille à la lumière des lanternes d'écurie, il se tira de cette situation difficile en s'évanouissant dans les bras de ses plus proches parents, et fut emporté dans son lit. Avant qu'il en fût ressorti, le second règne de Napoléon, les Cent-Jours d'agitation fiévreuse et d'effort suprême, s'évanouit comme un rêve terrifiant. La tragique année 1815, commencée dans le trouble et le malaise des consciences, s'achevait par des proscriptions vengeresses [10].

Comment le général Féraud échappa aux griffes de la Commission spéciale [11] et aux derniers devoirs d'un peloton d'exécution, il ne le sut jamais lui-même. Il le dut en partie à la fonction subalterne qui lui avait été assignée durant les Cent-jours. L'Empereur ne lui avait jamais confié de commandement actif, mais l'avait occupé au dépôt de cavalerie, à Paris, à monter et envoyer au front des troupes instruites en toute hâte. Considérant cette tâche indigne de ses capacités, il s'en était acquitté sans zèle excessif; mais ce fut principalement l'intervention du général d'Hubert qui le sauva des excès de la réaction royaliste.

Ce dernier, toujours en congé de convalescence, mais maintenant en état de voyager, avait été envoyé par sa sœur à Paris pour se présenter à son souverain légitime. Et comme personne dans la capitale ne pouvait rien soupçonner de l'épisode de l'écurie, il fut reçu avec honneur. Militaire jusqu'au tréfonds de l'âme, la perspective de s'élever dans la carrière le consola de se trouver en butte à la malveillance des bonapartistes, qui le poursuivaient avec un acharnement qu'il ne pouvait comprendre. Toute la rancœur de ce parti aigri et persécuté le désignait comme l'homme qui n'avait *jamais* aimé l'Empereur – une sorte de monstre bien pire en essence que le dernier des traîtres.

Le général d'Hubert haussait les épaules sans montrer de colère devant cette farouche prévention. Rejeté par ses vieux camarades et se méfiant beaucoup des avances de la société royaliste, le jeune et beau général (il n'avait pas quarante ans) adopta une courtoisie froide et formaliste qui tournait aisément à la hauteur cassante au moindre soupçon de manque d'égards. Ainsi armé, il vaquait à ses affaires dans Paris, le cœur en fête, car il éprouvait les délicieux tourments de l'homme très amoureux. La charmante demoiselle découverte par sa sœur était entrée en scène et l'avait conquis, comme toute jeune fille sait le faire avec un homme de quarante ans, en se contentant de paraître. Ils allaient se marier dès qu'il aurait obtenu sa nomination officielle au commandement promis.

Un après-midi, assis à la *terrasse* * du *café Tortoni* * [12], le général d'Hubert apprit, grâce à la conversation de deux étrangers assis à une table voisine, que le général Féraud, compris dans la fournée d'officiers supérieurs arrêtés après le second retour du roi [13], risquait fort de passer devant la Commission spéciale. Consacrant tous ses moments perdus, comme souvent chez les amoureux en passe de franchir le Rubicon, à vivre en avance d'un jour sur la réalité et plongé dans un état délicieusement hallucinatoire, il fallut le nom, lancé à voix haute, de son éternel antagoniste pour arracher le plus jeune général de Napoléon à la contemplation mentale de sa fiancée. Il regarda autour de lui. Les deux étrangers étaient habillés en civil. Maigres, le visage hâlé, bien calés sur leurs sièges, ils regardaient les gens d'un air distrait et maussade par-dessous leur chapeau enfoncé jusqu'aux yeux. Il n'était pas difficile de reconnaître en eux deux officiers de la vieille garde [14] mis d'office à la retraite. Comme, par bravade ou insouciance, ils avaient choisi de parler haut et fort, le général d'Hubert, ne voyant pas de raison de changer de place, entendit toute la conversation. Ils ne semblaient pas être des amis personnels du général Féraud, son nom ayant été prononcé parmi d'autres. En l'entendant répété, le général d'Hubert vit ses tendres anticipations de bonheur domestique paré de la grâce d'une femme se brouiller dans l'amer regret de son passé guerrier, de ce fracas des armes si prolongé et si enivrant, unique par l'ampleur de sa gloire et de son désastre – œuvre merveilleuse de sa génération. Il ressentit une tendresse irrationnelle envers son vieil adversaire et considéra avec émotion l'absurdité meurtrière introduite dans sa vie par leur rencontre. C'était comme une nouvelle pincée d'épices dans un plat au demeurant fort relevé. Il se rappelait ce parfum avec une soudaine mélancolie. Il n'y goûterait plus jamais. Tout était bien fini.

J'imagine que c'est d'être resté étendu si longtemps dans le jardin qui l'a tant exaspéré contre moi, songea-t-il avec indulgence.

Les deux étrangers à la table voisine s'étaient tus après avoir mentionné pour la troisième fois le nom du général Féraud. Et, parlant à nouveau d'un ton amer, le plus âgé des deux affirma que le compte du général Féraud était réglé. Pourquoi ? Simplement parce qu'il n'était pas une de ces grosses légumes qui n'aiment que leur personne. Les royalistes savaient qu'ils ne pourraient jamais rien en tirer. Il aimait trop l'*Autre*.

L'*Autre* était l'homme de Sainte-Hélène [15]. Les deux officiers hochèrent la tête en trinquant à un impossible retour. Puis, celui qui avait déjà parlé déclara avec un rire sardonique :

– Son adversaire a fait montre de plus d'habileté.

– Quel adversaire ? demanda le plus jeune, comme intrigué.

– Comment, vous ne savez pas ? C'étaient deux hussards. Ils se battaient en duel à chaque promotion. N'avez-vous jamais entendu parler de ce duel qui dure depuis 1801 ?

L'autre connaissait bien sûr l'histoire du duel, et il comprenait maintenant l'allusion. Le général baron d'Hubert pourrait maintenant savourer en paix la faveur de son roi pansu.

– Grand bien lui fasse ! Ils étaient tous les deux braves. Je n'ai jamais vu ce d'Hubert, une espèce de dandy intrigant, d'après ce qu'on raconte. Mais je crois volontiers ce que j'ai entendu Féraud dire de lui, à savoir qu'il n'a *jamais* aimé l'Empereur.

Ils se levèrent et partirent.

Le général d'Hubert ressentit l'horreur qu'éprouve un somnambule qui sort d'un doux rêve d'action pour se retrouver dans une fondrière. Un profond dégoût du terrain sur lequel il avançait le submergea. Même l'image de la charmante jeune fille fut balayée par le flot de sa détresse morale. Tout ce qu'il avait été ou espéré être aurait désormais le goût amer de la honte s'il ne pouvait s'arranger pour épargner au général Féraud le sort de tant de braves. Poussé par ce besoin presque morbide de sauver son adversaire, il fit tant des pieds et des mains (selon l'expression française) qu'il trouva le moyen d'obtenir en moins de vingt-quatre heures une audience particulière extraordinaire du ministre de la Police.

Le général baron d'Hubert fut introduit sans préliminaires dans le cabinet du ministre où, dans la pénombre, derrière le bureau, les chaises et les tables, il distingua, entre deux candélabres aux bougies allumées, un personnage paré d'un superbe habit et qui prenait des poses devant un grand miroir. Le vieux *conventionnel* * Fouché, sénateur de l'Empire, traître ayant failli à tous les hommes, à tous les principes et à tous les mobiles de la conduite humaine, duc d'Otrante et artisan rusé de la seconde Restauration [16], essayait un costume de cour, que sa fiancée, jeune et accomplie, souhaitait lui voir porter pour son portrait sur porcelaine qu'elle projetait de faire exécuter. C'était un caprice, une charmante fantaisie que le premier ministre de la Police de la seconde Restauration désirait satisfaire. Car cet homme, souvent comparé au renard pour sa ruse, mais dont le côté moral ne pouvait être mieux symbolisé que par le putois[17], était tout aussi possédé par l'amour que le général d'Hubert.

Surpris de se voir ainsi découvert par la balourdise d'un serviteur, il surmonta ce petit désagrément avec l'impudence caractéristique qui l'avait si bien servi au cours des intrigues sans fin de sa carrière d'arriviste. Sans modifier le moins du monde son attitude, une jambe gainée de soie en avant, la tête par-dessus l'épaule gauche, il dit calmement :

— Par ici, général. Approchez, je vous prie. Que puis-je faire pour vous ? Je suis tout ouïe.

Tandis que le général d'Hubert, aussi mal à l'aise que si une de ses propres petites faiblesses venait d'être dévoilée, présentait sa requête le plus brièvement possible, le duc d'Otrante continuait à vérifier l'ajustement de son col, à arranger les revers devant la glace et à cambrer la taille pour voir les basques brodées d'or. Son visage immobile et ses yeux attentifs n'auraient pas pu exprimer un plus profond intérêt pour ces questions d'ordre vestimentaire s'il avait été seul.

— Exclure des opérations de la Cour spéciale un certain Féraud, Gabriel Florian, général de brigade de la promotion 1814 ? répéta-t-il avec une légère pointe d'étonnement avant de tourner le dos à la glace. Pourquoi *lui* ?

— Je suis surpris que Votre Excellence, si compétente dans l'évaluation des hommes, ait jugé bon de faire porter son nom sur la liste.

— Un bonapartiste forcené !

— À l'instar de tout grenadier et cavalier de l'armée, comme Votre Excellence le sait bien. Et la personne du général Féraud ne saurait peser plus lourd que celle de n'importe quel grenadier. C'est un homme dépourvu de facultés intellectuelles, sans aucune capacité. Il est inconcevable qu'il puisse avoir la moindre influence.

— Il a la langue bien pendue.

— Il fait du bruit, je vous le concède, mais il n'est pas dangereux.

— Je ne discuterai pas. Je ne sais presque rien de lui. C'est à peine si je connais son nom.

— Et pourtant Votre Excellence préside la commission chargée par le roi de désigner ceux qui doivent être jugés, fit le général d'Hubert avec une insistance qui n'échappa pas au ministre.

— C'est vrai, général, dit-il en se dirigeant vers la partie obscure de la vaste pièce et en se laissant tomber dans un grand fauteuil qui l'engloutit complètement, ne laissant voir que le pâle reflet des broderies d'or et la tache blême de son visage. C'est vrai, général. Prenez donc ce siège.

Le général d'Hubert s'assit.

— C'est vrai, continua le grand maître dans l'art de l'intrigue et des trahisons, dont la duplicité, comme si elle lui paraissait parfois intolérable, se soulageait par des accès de franchise cynique. J'ai effectivement hâté la formation de la commission de proscription, et j'en ai pris la présidence. Et savez-vous pourquoi ? Simplement par crainte que si je ne la prenais pas rapidement en main mon nom pourrait se retrouver en tête de liste. Telle est l'époque où nous vivons. Mais je suis encore ministre du roi, et je vous demande franchement pourquoi je devrais rayer de la liste le nom de cet obscur Féraud ? Vous vous demandez comment son nom a bien pu y être inscrit ? Est-il possible que vous connaissiez si peu les hommes ? Mon cher général, à la première séance de la commission les noms nous sont tombés dessus comme la pluie du toit des Tuileries. Des noms ! Nous en avions des milliers. Comment savez-vous que le nom de ce Féraud, dont la vie ou la mort ne compte pas pour la France, n'en protège pas un autre ?

La voix qui s'élevait du fauteuil se tut. Le général d'Hubert, assis en face, demeura immobile, sombre et silencieux. Seul son sabre cliqueta légèrement. La voix émanant du fauteuil reprit :

– Et il nous faut aussi tenter de satisfaire les exigences des souverains alliés. Le prince de Talleyrand [18] me disait pas plus tard qu'hier que Nesselrode [18] l'avait officiellement informé du mécontentement de Sa Majesté l'empereur Alexandre [19] devant le petit nombre d'exemples que le gouvernement du roi se propose de faire, tout particulièrement parmi les militaires. Je vous dis ceci en confidence.

– Ma parole ! fit le général d'Hubert en parlant entre ses dents, si Votre Excellence daigne me faire encore la faveur d'autres renseignements confidentiels, je ne sais quelle sera ma conduite. Il y a déjà de quoi briser son sabre sur son genou, et envoyer les morceaux...

– Quel gouvernement pensiez-vous servir ? interrompit sèchement le ministre.

Après une brève hésitation, la voix déconfite du général d'Hubert répondit :

– Le gouvernement de la France.

– C'est payer votre conscience de simples mots, général. La vérité est que vous servez un gouvernement d'anciens exilés, d'hommes ayant vécu vingt ans sans patrie. D'hommes aussi qui se remettent tout juste d'une terreur affreuse et humiliante... Ne vous faites pas d'illusions sur ce point.

Le duc d'Otrante se tut. Il s'était soulagé et avait atteint le but qu'il s'était fixé : entamer l'amour-propre de cet homme qui l'avait malencontreusement trouvé posant devant une glace en costume de cour brodé d'or. Mais ces militaires avaient la tête près du bonnet, et il lui vint à l'esprit qu'il serait fâcheux qu'un officier général bien disposé, reçu en audience sur la recommandation d'un des princes, se livrât à un geste inconsidérément scandaleux en sortant d'un entretien particulier avec le ministre. Et, changeant de ton, il alla droit au but :

— Un parent, ce Féraud ?

— Non. Pas du tout.

— Un ami intime ?

— Intime... oui. Il y a entre nous un lien intime d'une nature qui me fait mettre un point d'honneur à tenter...

Le ministre sonna sans même attendre la fin de la phrase. Lorsque le serviteur fut sorti, après avoir apporté une paire de lourds candélabres d'argent pour le bureau, le duc d'Otrante se leva, la poitrine toute scintillante d'or sous la lumière éclatante, et, prenant une feuille de papier dans un tiroir, il la tint ostensiblement tout en disant avec une douceur persuasive :

— Ne parlez plus de briser votre sabre sur votre genou, général. Vous n'en obtiendriez peut-être jamais d'autre. L'Empereur ne reviendra pas cette fois... *Diable d'homme !* * Il ne m'a fait peur qu'une fois, ici à Paris, juste après Waterloo. Il paraissait résolu à tout recommencer. Heureusement, nul ne recommence jamais tout. Ne pensez pas à briser votre sabre, général.

Le général d'Hubert, fixant le plancher, esquissa

de la main un pauvre geste de renoncement. Le ministre de la Police détourna les yeux et examina délibérément le papier qu'il n'avait cessé de tenir.

— Il n'y a que vingt officiers généraux pour servir d'exemple. Vingt. Un chiffre rond. Voyons, Féraud... Ah ! le voilà. Gabriel Florian. *Parfaitement* *. C'est votre homme. Eh bien, il n'y aura maintenant que dix-neuf exemples [20].

Le général d'Hubert se leva avec le sentiment de sortir d'une maladie infectieuse.

— Je dois prier Votre Excellence de garder le secret le plus absolu sur mon intervention. J'attache une grande importance au fait qu'il ne sache jamais...

— Et qui le mettrait au courant, pouvez-vous me le dire ? dit Fouché en fixant un regard curieux sur le visage tendu et immobile du général d'Hubert. Prenez une de ces plumes et barrez vous-même le nom. C'est la seule liste qui existe. Si vous prenez soin de prendre assez d'encre, personne ne saura jamais quel était le nom rayé. Mais, *par exemple* *, je ne suis pas responsable de ce que Clarke [21] fera de lui par la suite. S'il persiste à jouer les enragés, le ministre de la Guerre l'assignera à résidence dans une ville de province, sous la surveillance de la police.

Quelques jours plus tard, le général d'Hubert disait à sa sœur, après les premiers mots d'accueil :

— Ah ! ma chère Léonie. Il me semblait que je ne pourrais jamais quitter Paris assez vite.

— L'effet de l'amour, suggéra-t-elle avec un sourire malicieux.

— Et de l'horreur, ajouta le général d'Hubert avec une profonde gravité. J'ai failli y mourir de... nausée.

Son visage se contracta de dégoût. Et comme sa sœur l'observait attentivement, il continua :

– Il m'a fallu voir Fouché. J'ai obtenu une audience. Je suis allé dans son cabinet. J'en conserve, moi qui ai eu le malheur de respirer l'air de la même pièce que cet homme, la sensation d'avoir perdu ma dignité, le sentiment de n'être, après tout, pas aussi propre que je le croyais... Mais tu ne peux pas comprendre.

Elle opina plusieurs fois. Elle comprenait parfaitement au contraire. Elle connaissait son frère et l'aimait tel qu'il était. De plus, le mépris et le dégoût de l'humanité étaient le lot du *jacobin* * Fouché, qui, exploitant à son profit toutes les faiblesses, les vertus et les illusions généreuses des hommes, avait dupé toute sa génération, avant de mourir obscur duc d'Otrante[22].

– Mon cher Armand, fit-elle avec compassion, que pouvais-tu attendre d'un homme pareil ?

– Rien moins qu'une vie. Et je l'ai obtenue. Il le fallait. Mais je pense que je ne pourrai jamais pardonner cette obligation à l'homme que je devais sauver.

Le général Féraud, complètement incapable (comme la plupart d'entre nous) de comprendre ce qui lui arrivait, reçut l'ordre du ministre de la Guerre de gagner sur l'heure une petite ville du centre de la France. À cette nouvelle, ses sentiments se manifestèrent tout naturellement par de furieux roulements d'yeux et de sauvages grincements de dents. La fin de l'état de guerre, la seule condition dans laquelle il eût jamais connu la société, l'horrible tableau d'un monde en paix, l'épouvantaient. Il gagna la petite ville, avec la ferme conviction que cela ne pourrait durer. On l'y informa de sa mise à la retraite, et que sa pension (calculée sur la base du grade de colonel) dépendrait de sa conduite et des bons rapports de police. Plus dans l'armée ! Il se sentit soudain étranger sur terre, semblable à un esprit désincarné. C'était impossible. Mais sa première réaction fut de manifester une totale incrédulité. C'était inconcevable. Il attendit tonnerres, tremblements de terre et cataclysmes naturels, mais rien ne vint. La chape de plomb d'une irrémédiable oisiveté s'abattit sur celui qui, ne trouvant en lui-même aucune ressource, sombra dans un état d'effrayante hébétude. Il hantait les rues de la petite ville, l'œil terne regardant droit devant, ignorant les chapeaux levés sur son passage ; et les gens se poussaient du coude en chuchotant :

– C'est le pauvre général Féraud. Il a le cœur brisé. Voyez comme il aimait l'Empereur.

Les autres épaves vivantes de la tempête napoléonienne se regroupèrent autour du général Féraud avec infiniment de respect. Il se croyait lui-même l'âme accablée de chagrin. Il éprouvait de façon rapprochée le besoin de pleurer, de hurler, de se mordre les poings jusqu'au sang, de passer des jours entiers allongé sur son lit, la tête enfouie sous l'oreiller ; mais ces accès résultaient de l'ennui pur et simple, de l'angoisse d'un immense, indescriptible et inconcevable vide. Son incapacité mentale à comprendre la nature désespérée de son cas le sauva du suicide. L'idée ne l'effleura même pas. Il ne pensait à rien. Mais son appétit l'abandonnait, et la difficulté qu'il rencontrait à exprimer son accablement (les plus furieux jurons n'y suffisaient pas) le réduisit peu à peu au silence – une sorte de mort pour un Méridional.

Grande fut donc la sensation parmi les *anciens militaires* * fréquentant un petit café infesté de mouches lorsque, par un lourd après-midi, « ce pauvre général Féraud » lâcha soudain une bordée de formidables imprécations. Il était assis tranquillement dans son coin favori à feuilleter les gazettes de Paris avec l'intérêt que l'on serait en droit d'attendre d'un condamné à mort, la veille de son exécution, pour les nouvelles du jour. Un groupe de visages martiaux et hâlés, dont l'un n'avait qu'un œil et un autre était amputé du bout de son nez gelé en Russie, l'entourèrent aussitôt avec sollicitude.

– Qu'y a-t-il, mon général ?

Le général Féraud, très droit, tenait le journal plié à bout de bras, afin de déchiffrer les petits caractères. Il lut et relut pour lui-même des bribes de la nouvelle à l'origine de ce qui pourrait être appelé sa résurrection.

Nous apprenons que le général d'Hubert, actuellement en congé de convalescence dans le Midi, va être appelé au commandement de la 5e brigade de cavalerie à...

Il laissa tomber le journal, pétrifié... « Appelé au commandement »... et, soudain, il se frappa le front :

– Je l'avais presque oublié, murmura-t-il, d'un ton où perçait le remords.

La voix d'un vétéran à la large poitrine résonna depuis l'autre extrémité du café :

– Une nouvelle infamie du gouvernement, mon général ?

– Les infamies de ces scélérats, tonna le général Féraud, sont innombrables. Une de plus ou de moins !... Il baissa le ton. Mais il y en a au moins une à laquelle je vais remédier.

Il lança alors un regard circulaire.

– Il y a un officier d'état-major pommadé et

frisotté, le chéri de ces maréchaux qui ont vendu leur père pour une poignée d'or anglais. Il va s'apercevoir que je suis toujours vivant, déclara-t-il d'un ton dogmatique. Mais il s'agit d'une affaire personnelle, une vieille affaire d'honneur. Bah ! Notre honneur ne compte pas. On nous écarte, l'oreille fendue, comme un lot de chevaux réformés – juste bons pour l'équarrisseur. Mais ce serait comme frapper un coup pour l'Empereur... Messieurs, j'aurai besoin de deux d'entre vous.

Tous se proposèrent. Le général Féraud, profondément touché par ce bel ensemble, requit avec une émotion visible le cuirassier borgne et l'officier de chasseurs à cheval qui avait perdu le bout de son nez en Russie. Il s'excusa de son choix auprès des autres :

— Une affaire de cavalerie, vous comprenez.

Un chœur hétéroclite lui répondit :

– *Parfaitement, mon général... C'est juste... Parbleu, c'est connu...* *

Tous étaient satisfaits. Les trois hommes quittèrent ensemble le café, salués par des vœux de *bonne chance* *.

Une fois dehors, ils se donnèrent le bras, le général au milieu. Les trois chapeaux à cornes rouilleux, portés *en bataille* * sinistrement inclinés en avant, barraient presque la rue étroite. La petite ville surchauffée, aux murs gris et aux tuiles rouges, passait son après-midi provincial à somnoler sous un ciel bleu. Les coups sonores et réguliers d'un tonnelier cerclant une barrique résonnaient entre les maisons. Le général traînait un peu son pied gauche à l'ombre des murs.

— Ce maudit hiver 1813 est entré pour de bon

dans mes os. Peu importe. On prendra des pistolets, voilà tout. Un petit lumbago. Oui, des pistolets. Son compte est bon. Ma vue est toujours aussi perçante. Si vous m'aviez vu en Russie descendre les cosaques embusqués avec un vieux fusil d'infanterie. J'ai un don pour les armes à feu.

Le général Féraud continua sur ce même registre, sa tête, aux yeux de hibou et au bec de rapace, fièrement relevée. Simple combattant toute sa vie, cavalier, *sabreur* *, il concevait la guerre avec la plus extrême simplicité, comme une accumulation de combats singuliers, une sorte de duel grégaire. Et voici qu'il tenait sa propre guerre. Il revivait. L'ombre de la paix s'éloignait de lui comme l'ombre de la mort. C'était la merveilleuse résurrection du nommé Féraud, Gabriel Florian, *engagé volontaire* * de 1793, général de 1814, enterré sans cérémonie par un ordre de service signé du ministre de la Guerre de la seconde Restauration.

IV

Aucun homme ne réussit tout ce qu'il entreprend, et en ce sens nous sommes tous des ratés ; l'essentiel étant de ne pas flancher dans l'ordonnancement et la poursuite de nos efforts. Dans ce domaine, c'est la vanité qui nous égare et nous précipite dans des situations dont nous ne pouvons nous sortir sans dommage ; alors que l'orgueil, au contraire, est notre sauvegarde, tant par la réserve qu'il impose au choix du but recherché que par le soutien qu'il nous prodigue.

Le général d'Hubert était fier et réservé. Ses amours de rencontre, heureuses ou non, ne lui avaient pas porté atteinte. Dans son corps marqué par la guerre, son cœur de quarante ans restait sans égratignures. Entrant avec réserve dans les plans matrimoniaux de sa sœur, il s'était senti irrémédiablement tomber amoureux comme on tombe d'un toit. Il était trop fier pour avoir peur, et la sensation était trop délicieuse pour être alarmante.

L'inexpérience d'un homme de quarante ans est bien plus grave que celle d'un garçon de vingt, car elle n'est pas secourue par l'ardeur d'un sang chaud. La jeune fille était mystérieuse, comme le sont les jeunes filles du simple fait de leur ingénuité circonspecte ; et ce mystère lui semblait exceptionnel et fascinant. Mais il n'y avait rien de mystérieux dans les projets de mariage échafaudés par madame Léonie, et rien de bizarre, non plus. C'était un mariage très bien assorti, qui recevait toute l'approbation de la mère de la jeune demoiselle (son père était mort) et était jugé acceptable par son oncle, un vieil *émigré* * récemment rentré d'Allemagne, qui, fantôme décharné de l'*Ancien Régime* *, parcourait canne à la main les allées du jardin de la demeure ancestrale.

Le général d'Hubert n'était pas homme à se satisfaire, le moment venu, d'une femme et d'une fortune. Son orgueil (et l'orgueil vise toujours le vrai succès) ne serait pas contenté sans amour. Mais comme le véritable orgueil exclut la vanité, il n'imaginait guère que cette mystérieuse créature aux yeux profonds et brillants, couleur violette, pourrait éprouver pour lui un sentiment autre que l'indifférence. La jeune demoiselle (elle s'appelait Adèle) déjouait toutes les tentatives faites pour éclaircir ce point. Il est vrai qu'elles étaient timides et maladroites, car le général d'Hubert avait pris conscience du poids des ans, de ses nombreuses imperfections morales, de son indignité secrète — et incidemment appris par expérience le sens du mot trouille. Pour autant qu'il avait pu en juger, elle n'éprouvait pas, ayant une confiance aveugle dans l'affection et la sagacité de sa mère, d'aversion insurmontable pour sa personne ; et cela suffisait amplement à une jeune demoiselle bien élevée pour aborder la vie de couple. Cette idée le blessait et torturait son orgueil. Et pourtant, il se demandait avec une sorte d'aimable désespoir ce qu'il serait en droit d'attendre de plus.

Elle avait un front paisible et lumineux. Ses yeux couleur violette riaient alors que ses lèvres et son menton conservaient une admirable gravité. L'ensemble était rehaussé par une opulente chevelure blonde, par un teint si merveilleux, par une telle grâce d'expression, qu'il n'avait jamais l'occasion d'examiner avec assez de détachement les hautes exigences de son orgueil. En fait, il redoutait ce type d'enquête, car cela l'avait déjà conduit une ou deux fois à une poussée de passion solitaire, lui faisant acquérir la conviction qu'il l'aimait assez pour la tuer plutôt que de la perdre. De ces crises, qui ne sont pas inconnues des hommes de quarante ans, il sortait brisé, épuisé, repentant et un peu atterré. Il tirait cependant un très grand réconfort de la pratique quiétiste [1] qui consiste à rester assis de temps à autre la moitié de la nuit devant une fenêtre ouverte et à méditer sur le prodige de l'existence d'une telle jeune fille, comme un croyant perdu dans la contemplation mystique de sa foi.

Il ne faudrait pas croire que ces variations de son for intérieur étaient apparentes. Il n'éprouvait aucune peine à afficher un sourire rayonnant, car en fait il était très heureux. Il suivait les règles établies chez les gens de sa condition, envoyant des fleurs, cueillies dans le jardin et les serres de sa sœur, chaque matin, et allant un peu plus tard déjeuner avec sa fiancée, sa mère et son *émigré* * d'oncle. Le milieu de la journée se passait en promenades ou assis à l'ombre. Une déférence attentive, proche de la tendresse, caractérisait son attitude — un tour enjoué masquant le trouble profond que causait à tout son être cette proximité inaccessible. Tard dans l'après-midi, il rentrait chez lui en traversant à pied les vignes, parfois affreusement misérable, parfois suprêmement heureux ou tristement pensif ; mais ressentant toujours l'intensité particulière de la vie, cette condition commune aux artistes, aux poètes et aux amoureux – aux hommes hantés par une grande passion, une noble pensée ou une vision nouvelle de la beauté plastique.

Le monde extérieur n'avait pas à cette époque d'existence bien distincte pour le général d'Hubert. Un soir, cependant, franchissant une crête d'où il pouvait voir les deux demeures, il distingua deux silhouettes au loin, sur la route. La journée avait été divine. Le somptueux décor du ciel enflammé embrasait les teintes sobres de la terre méridionale. Les rochers gris, les champs bruns, les lointains pourpres et onduleux s'harmonisaient en un accord lumineux, exhalant déjà les senteurs du soir. Les deux silhouettes en bas de la route semblaient deux mannequins de bois noir sur le ruban de poussière blanche. Il distingua les longues et droites *capotes* * militaires boutonnées jusqu'à la cravate noire, les chapeaux à cornes, les visages émaciés et hâlés – de vieux soldats – des *vieilles moustaches* * ! Le plus grand des deux portait un bandeau noir sur un œil ; le visage dur et sec de l'autre présentait une étrange et dérangeante particularité qui, en s'approchant, se révéla être l'absence du bout du nez. Levant la main en bons duettistes pour saluer le civil légèrement boiteux qui s'appuyait sur une grosse canne, ils demandèrent où habitait le général baron d'Hubert et quel était le meilleur moyen de s'entretenir discrètement avec lui.

– Si vous trouvez cet endroit assez tranquille, dit le général d'Hubert en jetant un regard circulaire sur les vignes encadrées de lignes pourpres et dominées par le nid de murs gris et brun terne d'un village perché au sommet d'une colline, et dont le clocher émoussé ressemblait à un faîte rocheux, si vous croyez cet endroit assez tranquille, vous pouvez lui parler tout de suite. Et je vous prie, camarades, de le faire ouvertement et en toute confiance.

À ces mots, ils reculèrent d'un pas et portèrent de nouveau la main à leur chapeau avec beaucoup de cérémonie. Puis, l'homme au nez coupé, parlant pour les deux, fit remarquer que l'affaire était assez confidentielle et exigeait de la discrétion. Ils avaient établi leur quartier général dans ce village, là-bas, où ces satanés rustres – maudits soient leurs sales cœurs de royalistes ! – regardaient de travers trois modestes militaires. Il ne pouvait pour l'instant que demander le nom des amis du général d'Hubert.

– Quels amis ? demanda étonné le général d'Hubert, complètement désorienté. Je réside là-bas, chez mon beau-frère.

– Bien. En voilà un, dit le vétéran au nez coupé.

– Nous sommes les amis du général Féraud, annonça l'autre, qui était jusqu'à présent resté muet, son œil unique fixé sur l'homme qui n'avait *jamais* aimé l'Empereur. C'était quelque chose à voir. Car même les Judas chamarrés d'or qui l'avaient vendu aux Anglais, les maréchaux et les princes, l'avaient aimé à un moment ou à un autre. Mais cet homme n'avait *jamais* aimé l'Empereur. Le général Féraud l'avait clairement affirmé.

Le général d'Hubert ressentit un coup dans la poitrine. Pendant une infime fraction de seconde, il lui sembla que la rotation de la terre, un horrible frémissement dans l'immobilité éternelle de l'espace, était devenue perceptible. Mais le bourdonnement du sang dans ses oreilles disparut aussitôt. Malgré lui, il murmura :

— Féraud ! J'avais oublié son existence.

— Il existe en ce moment, très mal à son aise, il est vrai, dans l'infâme auberge de ce nid de sauvages, là-haut, fit sèchement le cuirassier borgne. Il y a une heure que nous sommes arrivés dans votre pays sur des chevaux de poste. Il attend notre retour avec impatience. Le temps presse, comme vous le savez. Le général a contrevenu à l'ordre ministériel pour obtenir de vous la satisfaction à laquelle il a droit selon les règles de l'honneur, et il tient naturellement à en finir avant que la *gendarmerie* * ne soit à ses trousses.

L'autre précisa certains points :

— Revenir en douce, vous comprenez ? Hop ! Ni vu ni connu. Nous sommes nous aussi des contrevenants. Votre ami le roi serait trop heureux de saisir ce prétexte pour nous supprimer nos méchants subsides. C'est un risque. Mais l'honneur avant tout.

Le général d'Hubert avait retrouvé l'usage de la parole :

— Vous venez donc comme cela, sur cette route, m'inviter à un combat coupe-gorge avec ce... ce... Une sorte de fureur riante s'empara de lui. Ha ! ha ! ha ! ha !

Les poings sur les hanches, il riait sans retenue, alors que ces hommes efflanqués se tenaient droits, comme s'ils avaient jailli avec un bruit sec d'une trappe pratiquée dans le sol. Maîtres de l'Europe vingt-quatre mois plus tôt, ils avaient déjà l'air d'antiques fantômes, ils paraissaient moins substantiels dans leurs capotes fanées que leurs maigres ombres qui tombaient toutes noires sur la route blanche : les ombres militaires et grotesques de vingt années de guerre et de conquêtes. Ils avaient l'aspect rustique de deux bonzes imperturbables de la religion du sabre. Et le général d'Hubert, lui aussi un des anciens maîtres de l'Europe, riait de ces fantômes solennels qui se dressaient sur son chemin.

— Un joyeux compagnon, fit l'un des deux en désignant d'un hochement de tête le général hilare.

— Il y en a parmi nous qui n'ont pas souri depuis le jour où l'*Autre* est parti, remarqua son camarade.

Une violente envie de bondir sur ces deux spectres immatériels et de les jeter à terre effraya le général d'Hubert. Il cessa immédiatement de rire. Il désirait maintenant se débarrasser d'eux, les faire rapidement disparaître de sa vue avant de perdre tout empire sur lui-même. Il s'étonna de la fureur qu'il sentait envahir sa poitrine, mais il n'avait pas le temps de se pencher sur ce problème.

— Je comprends votre désir d'en finir le plus vite possible. Ne perdons pas de temps en cérémonies inutiles. Vous voyez ce bois au pied de cette pente ? Oui, la pinède. Rendez-vous là-bas demain à l'aube. J'apporterai mon sabre ou mes pistolets ; les deux si vous le souhaitez.

Les témoins du général Féraud se regardèrent.

— Les pistolets, mon général, fit le cuirassier.

— Très bien. Au revoir. À demain matin. Jusque-là, je vous conseille de rester à l'auberge si vous ne voulez pas que la *gendarmerie* * n'entreprenne une enquête sur vous avant la tombée de la nuit. Les étrangers sont rares par ici.

Ils saluèrent en silence. Le général d'Hubert, tournant le dos à leurs silhouettes qui s'éloignaient, resta un long moment immobile au milieu de la route, se mordant la lèvre inférieure et fixant le sol. Puis il commença à marcher droit devant lui, retournant ainsi sur ses pas, jusqu'à ce qu'il se retrouve devant la grille du parc de la demeure de sa fiancée. Le crépuscule était tombé. Immobile, il fixa à travers les barreaux la façade claire qui se détachait derrière les massifs et les arbres. Des pas résonnèrent sur le gravier, et une haute silhouette voûtée émergea bientôt d'une allée latérale qui longeait le mur du parc.

Le chevalier de Valmassigue, oncle de l'adorable Adèle, ancien général de brigade de l'armée des princes, relieur à Altona[2], puis cordonnier (réputé pour l'élégance avec laquelle il chaussait les dames) dans une autre petite ville allemande, portait des bas de soie sur ses jambes maigres, des souliers à boucle d'argent et un gilet de brocart. Un habit à longues basques *à la française* * flottait sur son maigre dos courbé. Un petit tricorne reposait sur une masse de cheveux poudrés attachés en queue.

– *Monsieur le chevalier* *, héla doucement le général d'Hubert.

– Quoi ? Encore ici, *mon ami* * ? Auriez-vous oublié quelque chose ?

– Grand Dieu ! oui. J'ai oublié quelque chose. Je suis venu vous en parler. Non... dehors. Derrière ce mur. C'est un sujet trop affreux pour être introduit là où elle vit.

Le chevalier sortit aussitôt avec cette résignation bienveillante dont font montre certains vieillards pour la fougue de la jeunesse. D'un quart de siècle plus âgé que le général d'Hubert, il considérait ce dernier comme un jeune homme amoureux assez dérangeant. Il avait parfaitement entendu ses paroles énigmatiques, mais n'attachait pas d'importance excessive à ce qu'un simple quadragénaire aussi troublé par l'amour pouvait faire ou dire. La tournure d'esprit de la génération de Français qui avaient mûri durant ses années d'exil lui restait presque incompréhensible. Leurs sentiments lui paraissaient exagérément violents, manquant de finesse et de mesure, leur langage inutilement outrancier. Il rejoignit calmement le général sur la route, et ils firent quelques pas en silence, le général essayant de contenir son agitation et de contrôler sa voix.

— C'est parfaitement vrai ; j'ai oublié quelque chose. J'ai oublié jusqu'à cette dernière demi-heure que j'avais une pressante affaire d'honneur sur les bras. C'est incroyable, mais c'est ainsi.

Le calme perdura l'espace d'un instant. Puis, dans le profond silence vespéral de la campagne, la vieille voix claire du chevalier s'éleva, légèrement chevrotante :

— Monsieur ! C'est une indignité.

Ce fut sa première pensée. La jeune fille née pendant son exil, la fille posthume de son pauvre frère assassiné par une bande de jacobins, était devenue très chère à son vieux cœur, qui n'avait connu durant tant d'années que de simples souvenirs d'affection.

— C'est quelque chose d'inconcevable, vous savez ! Un homme doit régler ce genre d'affaires avant de demander la main d'une jeune fille. Eh ! Encore dix jours et vous auriez été marié avant que la mémoire ne vous revienne. De mon temps, nul n'oubliait ce genre de choses — pas plus que ce qui est dû aux sentiments d'une jeune femme innocente.

Si je ne les respectais pas moi-même, j'userais de termes qui ne vous plairaient guère pour qualifier votre conduite.

Le général d'Hubert laissa échapper un gémissement :

— Que cette considération ne vous retienne pas. Vous ne courez pas le risque d'offenser mortellement votre nièce.

Mais le vieil homme ne prêta aucune attention à cette ineptie d'amoureux. Il est probable qu'il ne l'entendit même pas.

— De quoi retourne-t-il ? Quelle est la nature de... ?

— Appelons cela une erreur de jeunesse, *monsieur le chevalier* *. Le résultat incroyable, inconcevable, de... Il s'arrêta court. Il ne croira jamais une telle histoire, pensa-t-il. Croyant que je le prends pour un imbécile, il s'estimera offensé. Et, reprenant : Oui, d'une folie de jeunesse, c'est devenu...

— Alors cela peut s'arranger, interrompit le chevalier.

— S'arranger ?

— Oui, peu importe ce qu'il en coûtera à votre *amour-propre* *. Vous auriez dû vous rappeler que vous êtes fiancé. Vous l'aviez aussi oublié, je suppose. Et voilà que vous oubliez votre querelle. C'est le pire exemple de légèreté qu'il m'ait été jamais donné de connaître.

– Grand Dieu, monsieur ! Vous n'imaginez tout de même pas que je me suis mis sur les bras cette querelle lors de mon dernier séjour à Paris, ou quelque chose de la sorte.

— Eh ! qu'importe la date exacte de votre conduite insensée. Le principal est de tout arranger.

Voyant le général d'Hubert s'agiter et chercher à placer un mot, le vieil *émigré* * leva la main et ajouta avec dignité :

– J'ai été moi aussi un soldat. Je n'oserais jamais suggérer une démarche douteuse à l'homme dont ma nièce doit porter le nom. Je vous dis simplement qu'*entre galants hommes* * une affaire peut toujours s'arranger.

– Mais, *saperlotte, monsieur le chevalier,* celle-ci remonte à quinze ou seize ans. J'étais alors lieutenant de hussards.

Le vieux chevalier sembla confondu par la véhémence et le ton désespéré de cette information.

– Vous étiez lieutenant de hussards il y a seize ans, marmonna-t-il, hébété.

– Bien sûr ! Vous ne pensiez pas que j'avais été fait général dès le berceau, comme un prince de sang.

Dans le crépuscule pourpre qui tombait sur les champs parsemés de feuilles de vigne, une étroite bande de ciel cramoisie en arrière-plan – à l'ouest –, la voix du vieil homme, ancien officier de l'armée des princes, résonna, ferme et d'une politesse scrupuleuse.

– Suis-je en train de rêver ? Est-ce une plaisanterie ? Ou dois-je comprendre que vous avez couvé une affaire d'honneur pendant seize ans ?

– Elle s'est effectivement accrochée à moi pendant tout ce temps. C'est bien ce que je veux dire. La querelle elle-même ne saurait être facilement expliquée. Nous nous sommes bien sûr rencontrés plusieurs fois sur le terrain durant toutes ces années.

– Quelles manières ! Quelle horrible perversion de la bravoure ! Seule la folie sanguinaire de la Révolution qui a marqué toute une génération peut expliquer une telle inhumanité, médita à voix basse le vieil *émigré* * maintenant de retour. Qui est votre adversaire ? demanda-t-il, la voix à peine plus forte.

— Mon adversaire ? Il s'appelle Féraud.

Plus ombre que jamais avec son *tricorne* * et ses habits à l'ancienne mode, tel un fantôme maigre et voûté de l'*Ancien Régime* *, le chevalier évoqua un souvenir de revenant :

— Je me souviens de la querelle qui opposa monsieur de Brissac, capitaine aux gardes du corps, et d'Anjorrant (non pas le grêlé, l'autre — le beau d'Anjorrant, comme on l'appelait) à propos de la petite Sophie Derval. Ils s'affrontèrent trois fois en dix-huit mois le plus vaillamment du monde. Et c'était la faute de cette petite Sophie qui continuait à jouer...

— Rien de tel ici, interrompit le général d'Hubert avec un rire un peu sardonique. Rien d'aussi simple. Ni même de moitié aussi sensé, conclut-il de façon inaudible, grinçant des dents de rage.

Rien ne troubla le silence pendant un long moment, jusqu'à ce que le chevalier demandât sans ardeur :

— Qui est-ce... ce Féraud ?

— Un lieutenant de hussards, lui aussi... maintenant général. Un Gascon. Le fils d'un forgeron, je crois.

— Là ! C'est bien ce que je pensais. Ce Bonaparte avait une prédilection particulière pour la *canaille* *. Je ne dis pas cela pour vous, d'Hubert. Vous êtes des nôtres[3], bien que vous ayez servi cet usurpateur qui...

— Laissons-le en dehors.

Le chevalier haussa ses épaules décharnées.

— Un Féraud ! Croisement d'un forgeron et d'une souillon de village. Voyez ce que l'on gagne à fréquenter ces gens-là.

— Vous-même avez fait des chaussures, chevalier.

— Oui. Mais je ne suis pas le fils d'un cordonnier. Ni vous, monsieur d'Hubert. Nous avons vous et moi quelque chose que les princes, les ducs et les maréchaux de votre Bonaparte n'ont pas, car il n'y a aucun pouvoir temporel qui pourrait le leur conférer, rétorqua l'*émigré* * avec l'animation grandissante d'un homme qui s'est emparé d'un argument qui promet beaucoup. Ces gens n'existent pas... tous ces Féraud ! Féraud ! Qu'est ce donc qu'un Féraud ? Un *va-nu-pieds* * travesti en général par un aventurier corse qui se déguisait en empereur. Il n'y a pas de raison pour un d'Hubert de *s'encanailler* * en se battant avec un tel individu. Vous pouvez parfaitement lui présenter vos excuses. Et si le *manant* * se met en tête de les refuser, vous pouvez simplement refuser de le rencontrer.

— Vous dites qu'il m'est possible de faire une telle chose ?

— Oui. Et la conscience parfaitement tranquille.

— *Monsieur le chevalier !* * Où croyez-vous que vous a conduit votre retour d'émigration ?

À ces paroles si saisissantes, le vieil homme redressa vivement sa tête aux reflets argentés et coiffée du petit *tricorne* *, mais garda encore le silence.

— Dieu seul le sait ! dit-il enfin, montrant d'un geste lent et solennel, en bord de route, une grande croix, dressée sur un bloc de pierre, dont les bras de fer forgé se détachaient tout noirs sur la bande rouge qui s'assombrissait dans le ciel. Dieu seul le sait ! Si ce n'était cet emblème, que je me souviens avoir vu, enfant, en ce même endroit, je me demanderais vers quoi nous sommes revenus, nous qui restons fidèles à Dieu et au roi. La voix même des gens a changé.

– Oui, c'est une France changée, fit le général d'Hubert, qui semblait avoir retrouvé son calme. Son ton était légèrement ironique. Et je ne peux donc pas suivre votre conseil. De plus, comment refuser d'être mordu par un chien décidé à mordre ? C'est impossible. Croyez-moi, Féraud n'est pas homme à être arrêté par des excuses ou des refus. Mais il y a d'autres moyens. Je pourrais, par exemple, dépêcher un messager au brigadier de la *gendarmerie* * de Senlac[4]. Lui et ses deux amis sont passibles d'arrestation sur un simple ordre de ma part. Cela ferait jaser dans l'armée, dans l'active et parmi les demi-solde – surtout parmi les demi-solde. Tous de la *canaille* * ! Jadis compagnons d'armes d'Armand d'Hubert. Mais est-ce qu'un d'Hubert doit se soucier de ce que pensent des gens qui n'existent pas ? Ou, mieux encore, je pourrais demander à mon beau-frère de faire venir le maire pour lui en toucher deux mots. Il n'en faudrait pas plus pour que les trois « brigands » soient poursuivis avec des fléaux et des fourches et que l'affaire se termine dans un bon fossé bien humide – et personne n'en saurait rien ! C'est ce qui est arrivé à une quinzaine de kilomètres d'ici à trois pauvres diables, des ex-lanciers rouges de la garde qui rentraient chez eux. Qu'en dit votre conscience, *chevalier* * ? Un d'Hubert peut-il agir ainsi envers trois hommes qui n'existent pas ?

Quelques étoiles avaient fait leur apparition sur l'obscurité bleue cristalline du ciel. La petite voix sèche du chevalier demanda d'un ton dur :

— Pourquoi me dites-vous tout cela ?

Le général saisit d'une poigne ferme la vieille main flétrie :

— Parce que je m'en remets à vous. Qui d'autre pourrait informer Adèle ? Vous comprenez pourquoi je n'ose me confier à mon beau-frère ni même à ma sœur. *Chevalier* * ! J'ai été si près de le faire que j'en tremble encore. Vous ne savez pas combien ce duel peut me paraître terrible. Et je ne peux y échapper. Puis, ayant murmuré après une pause que c'était une fatalité, il relâcha la main passive du chevalier et ajouta sur le ton naturel de la conversation : Je vais devoir y aller sans témoins. Si je dois rester sur le terrain, vous au moins saurez tout ce qu'il y a à dire sur cette affaire.

Le fantôme évanescent de l'*Ancien Régime* * semblait s'être encore voûté durant cette conversation :

— Comment ferai-je pour garder un visage indifférent ce soir devant ces deux femmes ? gémit-il. Général ! Il m'est bien difficile de vous pardonner.

Le général d'Hubert ne répondit pas.

— Votre cause est-elle bonne, au moins ?

— Je suis innocent.

Il saisit cette fois le bras de spectre du chevalier juste au-dessus du coude et le pressa vivement :

— Je dois le tuer ! fit-il dans un sifflement, et, desserrant son étreinte, il s'éloigna à grands pas.

Les attentions délicates de sa sœur très aimante avaient assuré au général une parfaite liberté de mouvement dans la maison dont il était l'hôte. Il avait même sa propre entrée par une petite porte pratiquée dans un angle de l'orangerie. Il ne fut donc pas dans l'obligation de masquer son agitation devant la paisible ignorance des autres occupants, et il ne put que s'en féliciter. Il lui semblait que s'il devait ouvrir la bouche, il se répandrait en imprécations horribles et inutiles, se mettrait à casser le mobilier et à briser porcelaines et bibelots. Il vit se dérouler, dès qu'il eut ouvert sa porte particulière, et tout en gravissant les vingt-huit marches de l'escalier en colimaçon qui donnait accès au corridor sur lequel ouvrait sa chambre, une scène horrible et humiliante où un fou aux yeux injectés de sang et à la bouche écumante causait d'affreux dégâts en cassant tous les objets inanimés que l'on trouve dans une salle à manger bien meublée. Lorsqu'il ouvrit la porte de ses appartements, la crise était passée, et sa fatigue physique était telle qu'il dut s'aider du dossier des chaises pour traverser la pièce et gagner le grand divan bas sur lequel il se laissa tomber. Sa prostration morale était plus grande encore. Une telle brutalité intérieure, qu'il n'avait connue qu'en chargeant l'ennemi sabre au clair, stupéfiait cet homme de quarante ans qui n'y reconnaissait pas la fureur instinctive de sa passion menacée. Mais, dans son état d'extrême fatigue physique et mentale, cette passion s'éclaircit, se distilla et se raffina en un sentiment de désespoir mélancolique à l'idée de devoir peut-être mourir avant d'avoir appris à se faire aimer de cette belle jeune fille.

Cette nuit-là, étendu sur le dos et les mains sur les yeux, ou sur le ventre et le visage enfoui dans un coussin, il passa par toutes les émotions. Dégoût écœurant face à l'absurdité de la situation, doute de sa propre capacité à diriger son existence et défiance vis-à-vis de ses meilleurs sentiments (pourquoi diable avait-il besoin d'aller voir Fouché ?) — il connut tour à tour tous ces sentiments.

— Je suis un idiot, ni plus ni moins. Un idiot

impressionnable. Parce que j'ai entendu deux hommes parler dans un café... Je suis un idiot qui a peur des mensonges, puisque dans la vie seule la vérité compte.

Il se leva à plusieurs reprises, et, marchant en chaussettes pour n'être entendu de personne en bas, but toute l'eau qu'il put trouver dans le noir. Et il goûta aussi aux tourments de la jalousie. Elle épouserait quelqu'un d'autre. Son âme en tressaillait. La ténacité de ce Féraud, l'affreuse obstination de cette brute stupide se présentaient à lui avec la terrible force d'une implacable destinée. Tremblant, il reposa le pot à eau vide. Il va m'avoir, pensa-t-il. Il goûtait toutes les émotions que peut offrir la vie. Il sentait dans sa bouche sèche le léger goût fade de la peur, non pas de la peur excusable que l'on ressent devant le regard candide et amusé d'une jeune fille, mais de la peur de la mort et de la lâcheté qu'éprouvent les hommes d'honneur.

Mais si le véritable courage consiste à aller affronter un odieux danger devant lequel reculent et notre corps, et notre âme, et notre cœur, le général d'Hubert avait pour la première fois de sa vie l'occasion de l'expérimenter. Il avait chargé avec ivresse des batteries ou des carrés d'infanterie, et avait porté des messages sous des pluies de balles sans même y penser. Il lui fallait à présent se glisser furtivement dehors, à l'aube, pour aller vers une mort obscure et révoltante. Il n'hésita pas et emporta deux pistolets dans un sac de cuir en bandoulière. Le jardin à peine traversé, il se sentit de nouveau la bouche sèche, et cueillit deux oranges. Ce ne fut qu'après avoir refermé la grille derrière lui qu'il ressentit une légère faiblesse.

Chancelant, il n'en avança pas moins résolument, et retrouva vite l'usage de ses jambes. Dans l'aube incolore et pellucide, la pinède détachait nettement ses colonnes de troncs et sa voûte vert foncé sur la grisaille rocheuse de la colline. Les yeux fixés sur les conifères, il suça une orange tout en marchant. Cette tranquille bonhomie face au danger, qui en avait fait un officier aimé de ses hommes et apprécié de ses supérieurs, lui revenait peu à peu. C'était comme aller à la bataille. Arrivé à la lisière, il s'assit sur un bloc de pierre roulé, l'autre orange à la main, et se reprocha d'être venu si ridiculement tôt sur le terrain. Mais il entendit avant longtemps le bruissement des buissons, des pas sur le sol dur, et les échos d'une conversation décousue. Une voix derrière lui s'exclama sur le ton de la fanfaronnade :

— Il va remplir ma gibecière !

Les voilà, se dit-il. Qu'est-ce que c'est que cette histoire de gibecière ? Est-ce de moi dont ils parlent ? Et, prenant conscience de l'autre orange dans sa main : Elles sont très bonnes, ces oranges. L'oranger de Léonie. Je ferais aussi bien de la manger plutôt que de la jeter.

Émergeant d'un amas de rochers et de buissons, le général Féraud et ses témoins le découvrirent en train de peler son orange. Ils s'immobilisèrent, attendant qu'il levât les yeux. Puis les témoins soulevèrent leur chapeau, alors que le général Féraud, mettant les mains derrière le dos, s'écartait un peu.

— Je suis dans l'obligation de réclamer l'un d'entre vous, messieurs, pour me représenter. Je n'ai amené aucun ami. Y voyez-vous une objection ?

— Une telle requête ne saurait se refuser, dit d'un ton impartial le cuirassier borgne.

— Cela n'en est pas moins fâcheux, remarqua l'autre vétéran.

— Vu l'état d'esprit des gens dans cette partie du pays, il n'y avait personne à qui confier en toute sécurité le motif de votre présence, expliqua avec courtoisie le général d'Hubert.

Ils saluèrent, jetèrent un regard circulaire et firent simultanément remarquer :

— Fichu terrain.

— Il est inadéquat.

— Pourquoi s'inquiéter du terrain, des mesures et de tout le reste ? Simplifions les choses. Chargez les deux paires de pistolets. Je prendrai ceux du général Féraud, et lui prendra les miens. Ou, mieux encore, prenons-en un de chaque. Un de chaque paire. Puis entrons dans le bois et tirons à vue, alors que vous resterez en lisière. Nous ne sommes pas venus ici pour faire des cérémonies, mais pour guerroyer — pour faire une guerre à mort. N'importe quel terrain convient pour cela. Si je tombe, vous me laissez sur place et vous décampez. Il ne ferait pas bon pour vous d'être découverts dans les parages.

Il apparut après un bref conciliabule que le général Féraud acceptait ces conditions. Alors que les témoins chargeaient les pistolets, on l'entendit siffler et on le vit se frotter les mains avec satisfaction. Il se défit de son habit, et le général d'Hubert ôta le sien, le pliant soigneusement sur une pierre.

— Vous pourriez emmener votre client de l'autre côté du bois et le laisser entrer dans exactement dix minutes, suggéra le général d'Hubert, calmement, mais avec le sentiment de donner des directives pour son exécution. Ce fut pourtant là son dernier moment de faiblesse. Attendez. Comparons d'abord nos montres.

Il tira la sienne, et l'officier au nez coupé alla emprunter celle du général Féraud. Ils se penchèrent un temps sur les deux montres de gousset.

— Très bien. À six heures moins quatre à la vôtre ; et à moins sept à la mienne.

Ce fut le cuirassier qui demeura au côté du général d'Hubert, son œil unique rivé sur le cadran blanc de la montre qu'il tenait dans la paume de sa main. Il ouvrit la bouche, attendant la dernière seconde, avant de lancer le mot fatidique :

— *Avancez* *.

Le général d'Hubert avança, passant du soleil éclatant d'une matinée provençale à l'ombre fraîche et parfumée des pins. Le sol était dégagé entre les troncs rougeâtres, dont la multitude, aux différentes inclinaisons, lui brouilla d'abord la vue. C'était comme aller à la bataille. Et la confiance en soi, qui est une qualité maîtresse, se réveilla dans sa poitrine. Il était à son affaire. Le problème était de savoir comment tuer l'adversaire. Rien d'autre ne pourrait le délivrer de ce stupide cauchemar. Il ne servirait à rien de blesser cette brute. Il passait pour un officier plein de ressources. Ses camarades avaient autrefois l'habitude de l'appeler « le stratège ». Et il avait effectivement la faculté de penser en présence de l'ennemi. Alors que Féraud n'avait été qu'un simple combattant, mais, malheureusement, un très bon tireur.

Il faut que j'essuie son feu à la plus grande distance possible, se dit le général d'Hubert.

Il vit à cet instant quelque chose de blanc bouger

au loin entre les arbres — la chemise de son adversaire. Il se plaça aussitôt entre les arbres, s'exposant délibérément. Puis, rapide comme l'éclair, il s'effaça d'un bond. La tentative était risquée, mais elle réussit pleinement. Le coup de feu à peine tiré, un petit morceau d'écorce arraché par la balle vint lui frapper douloureusement l'oreille.

Le général Féraud, avec un coup en moins, devenait prudent. Hasardant un œil en dehors de la protection de l'arbre, le général d'Hubert ne put l'apercevoir. Cette ignorance de la position de l'adversaire véhicule un sentiment d'insécurité. Et le général d'Hubert se sentit abominablement exposé sur son flanc et sur l'arrière. Quelque chose de blanc traversa de nouveau son champ de vision. Ah ! L'ennemi était donc toujours devant lui. Il avait craint un mouvement tournant. Mais, selon toute apparence, le général Féraud n'y songeait pas. Le général d'Hubert le vit passer sans précipitation particulière d'un arbre à l'autre, en droite ligne. Faisant preuve d'une grande maîtrise, le général d'Hubert retint sa main. Encore trop loin. Il se savait médiocre tireur. Sa carte était de jouer l'attente — pour tuer.

Désirant tirer avantage du plus grand diamètre du tronc à la base, il se laissa tomber à terre. Ainsi étendu de tout son long, la tête vers l'ennemi, il était entièrement protégé. S'exposer maintenant n'était guère indiqué, car l'autre était trop proche. La conviction que Féraud ne tarderait pas à agir inconsidérément lui mettait du baume à l'âme. Mais il était bien gênant et peu utile de garder le menton en l'air. Risquant un coup d'œil, il exposa une partie de sa tête avec une certaine appréhension, mais somme toute sans grand danger. Son ennemi ne s'attendait vraiment pas à le voir si près du sol. Le général d'Hubert aperçut le général Féraud changer prudemment d'arbre. Il se moque de mes talents de tireur, pensa-t-il, témoignant ainsi de cette faculté de lire à livre ouvert dans la pensée de l'adversaire qui est une aide précieuse pour gagner la bataille. Sa tactique, qui consistait à ne pas bouger, s'en trouva confirmée. Si seulement je pouvais surveiller mes arrières aussi bien, songea-t-il avec anxiété, en rêvant à l'impossible.

Il lui fallut une certaine force de caractère pour déposer ses pistolets ; mais, obéissant à une impulsion subite, c'est ce qu'il fit avec précaution – un de chaque côté. On l'avait considéré à l'armée comme une sorte de dandy parce qu'il se rasait et mettait une chemise neuve les jours de bataille. En fait, il s'était toujours montré très soucieux de son apparence. Chez un homme de presque quarante ans épris d'une charmante jeune fille, ce louable amour-propre peut conduire à certaines menues faiblesses, comme, par exemple, se munir d'un élégant petit étui de cuir, nanti sur le couvercle d'un miroir, contenant un peigne d'ivoire. Le général d'Hubert, les mains enfin libres, chercha dans les poches de son pantalon cet accessoire d'une innocente vanité bien excusable chez quelqu'un arborant une belle moustache soyeuse. Il sortit l'étui, et, avec un parfait sang-froid et une égale promptitude, se mit sur le dos. Dans cette nouvelle position, la tête légèrement soulevée, il gardait l'œil gauche rivé sur le petit miroir qu'il tenait juste à côté du tronc, et scrutait du droit ses arrières, vérifiant ainsi le mot de Napoléon qui voulait que « pour un soldat français, le mot impossible n'existe pas »[6]. L'arbre qu'il surveillait remplissait presque le champ de son petit miroir.

— S'il bouge de là-derrière, se dit-il avec satisfaction, je verrai ses jambes. Mais, de toute façon, il ne peut pas fondre sur moi à l'improviste.

Et il vit effectivement les bottes du général Féraud luire une fraction de seconde, éclipsant toute autre image dans le petit miroir. Il changea de position en conséquence. Mais, devant le faire suite à une vue indirecte, il ne s'aperçut pas que ses pieds et une partie de ses jambes étaient maintenant parfaitement visibles pour son adversaire.

Le général Féraud s'était peu à peu laissé impressionner par l'étonnante habileté avec laquelle son ennemi se dissimulait. Il était sûr d'avoir repéré le bon arbre avec une précision sanguinaire, et pourtant il n'avait pas aperçu le moindre bout d'oreille. Comme il le cherchait à environ un mètre soixante-dix-huit, il n'y avait là rien de surprenant — et pourtant il semblait fort surpris.

Le premier regard qu'il posa sur ces pieds et ces jambes lui fit monter le sang à la tête. Il chancela littéralement derrière son arbre, et dut s'y appuyer de la main pour retrouver son équilibre. L'autre était étendu sur le sol ! Sur le sol ! Et parfaitement immobile ! À découvert ! Qu'est-ce que cela signifiait ?... L'idée qu'il avait abattu son adversaire du premier coup se fit jour dans son esprit, grandit au fil des secondes, jusqu'à éclipser toute autre supposition — irrésistible, triomphante, féroce.

— Quel idiot j'ai pu être de croire que je l'avais manqué, murmura-t-il pour lui-même. Il s'était exposé *en plein* * — l'imbécile ! — pendant deux bonnes secondes.

Le général Féraud fixait les membres immobiles, les derniers vestiges de surprise s'effaçant devant une admiration sans bornes pour son adresse meurtrière au pistolet.

Il est mort ! Par le dieu de la guerre, quel coup ! exultait-il mentalement. Touché en pleine tête, juste là où je le visais. Il aura roulé sur le dos et sera venu mourir derrière cet arbre.

Et il ouvrait de grands yeux, en oubliant de bouger, quasiment frappé de crainte, de regret. Mais pour rien au monde il n'aurait voulu revenir sur ce qui était fait. Un tel coup ! Un tel coup ! Roulé sur le dos pour mourir !

Car c'était cette position sans appui qui lui fournissait une preuve éclatante. Il ne lui vint pas un instant à l'esprit que cette position eût pu être délibérément choisie par un homme en vie. C'était inconcevable. Cela ne relevait pas du domaine de la supposition raisonnable. En deviner la cause était impossible. Et il faut aussi dire que les pieds en équerre du général d'Hubert ressemblaient parfaitement à ceux d'un mort. Le général Féraud gonfla ses poumons pour appeler ses témoins, mais il s'abstint provisoirement, retenu par ce qu'il crut être un excès de scrupules.

– Je vais d'abord aller voir s'il respire encore, marmonna-t-il, quittant imprudemment le couvert de son arbre. Ce déplacement fut immédiatement perçu par l'ingénieux général d'Hubert. Il crut à un nouveau changement d'arbre, mais les bottes étant sorties du champ de vision du petit miroir, il se sentit inquiet. Le général Féraud s'était très légèrement écarté de la ligne d'approche, mais son adversaire ne pouvait supposer qu'il avançait sans précaution. Le général d'Hubert, commençant à se demander ce qu'il était advenu de cette brute, fut tellement pris au dépourvu que le premier signal du danger fut pour lui la longue ombre matinale de son ennemi tombant obliquement sur ses jambes étendues. Il n'avait pas entendu le moindre bruit de pas sur le sol mou entre les arbres !

C'en était trop, même pour son sang-froid. Il bondit sans réfléchir, laissant ses pistolets à terre. L'instinct irrésistible d'un homme ordinaire (à moins qu'il ne soit paralysé par la déconvenue) aurait été de se baisser pour prendre ses armes, s'exposant par là même à se voir abattu dans cette position. L'instinct est par définition irréfléchi. Mais il serait intéressant de déterminer si, chez des hommes dotés du pouvoir de réflexion, les impulsions mécaniques de l'instinct ne sont pas affectées par le mode de pensée. Dans sa jeunesse, Armand d'Hubert, officier prometteur et réfléchi, avait émis l'opinion qu'à la guerre « il ne faut jamais revenir en arrière suite à une erreur ». Cette idée, souvent défendue et développée, s'était implantée comme une notion de base dans son cerveau, jusqu'à devenir partie intégrante de sa personnalité mentale. Qu'elle ait pu aller jusqu'à affecter son instinct, ou qu'il ait été simplement, comme il le déclara par la suite, « trop effrayé pour penser à ces maudits pistolets », le fait est qu'il ne tenta nullement de les ramasser. Au lieu de revenir sur son erreur, il saisit à deux mains le tronc d'arbre rugueux et se jeta derrière avec une telle impétuosité qu'en en faisant, le temps d'un éclair, d'une détonation, le tour, il reparut de l'autre côté, nez à nez avec le général Féraud. Ce dernier, complètement décontenancé par un tel déploiement d'agilité de la part d'un mort, tremblait encore. Un très léger nuage de fumée flottait devant son visage à l'aspect si extraordinaire que l'on aurait cru sa mâchoire inférieure décrochée.

— Je ne l'ai pas manqué ! croassa-t-il d'une voix rauque sortie des profondeurs de sa gorge sèche.

Ce sinistre croassement rompit le charme qui paralysait le général d'Hubert.

— Si, manqué... *à bout portant* *, s'entendit-il dire, presque avant d'avoir retrouvé toutes ses facultés. Ce brusque revirement s'accompagna d'une bouffée de fureur homicide, qui synthétisait dans sa violence les ressentiments accumulés de toute une vie. Durant des années, il avait été exaspéré et humilié par l'atroce absurdité que lui imposait le caprice farouche de cet homme. De plus, il avait été en cette dernière occasion trop peu désireux d'affronter la mort pour que son angoisse ne se transformât point en envie de meurtre. Et j'ai encore mes deux coups, ajouta-t-il impitoyablement.

Le général Féraud fit claquer ses dents, et son visage prit une expression furieuse et déterminée.

— Allez-y ! fit-il, d'un air farouche.

Tels auraient pu être ses derniers mots si le général d'Hubert avait tenu ses pistolets. Mais ces derniers étaient au pied du pin ; ce qui lui donna la seconde de répit nécessaire pour se rappeler qu'il avait craint la mort non pas en tant qu'homme, mais en tant qu'amoureux, y voyant non pas un danger, mais une rivale, non pas l'ennemie de la vie, mais un obstacle au mariage. Et voilà que la rivale était vaincue sans appel, défaite, écrasée, anéantie !

Il ramassa machinalement ses armes, et, au lieu de faire feu en direction de la poitrine du général

Féraud, il lâcha ce qui le préoccupait au plus haut point :

— Dorénavant, vous ne vous battrez plus en duel.

La satisfaction complaisante et ineffable véhiculée par cette phrase fit exploser le stoïcisme du général Féraud :

— Ne traînez donc pas, maudit faquin d'état-major à sang froid ! rugit-il soudain, le visage impassible et le corps parfaitement droit.

Le général d'Hubert désarma soigneusement ses pistolets, ce qui fut observé avec des sentiments mélangés par l'autre général.

— Vous m'avez manqué deux fois, dit froidement le vainqueur, prenant les deux pistolets dans une même main, la dernière fois à environ trente centimètres. Selon toutes les règles du duel votre vie m'appartient. Ce qui ne signifie pas que je veuille la prendre maintenant.

— Je n'ai que faire de votre indulgence, murmura lugubrement le général Féraud.

— Permettez-moi de vous faire remarquer que cela ne me regarde nullement, dit le général d'Hubert, dont chaque mot était dicté par une délicatesse de sentiment accomplie. Il aurait pu tuer cet homme sous l'empire de la colère, mais il répugnait à humilier de sang-froid, en faisant montre de générosité, cet être déraisonnable — frère d'armes de la *Grande Armée* *, compagnon des prodiges et des terreurs de la grande épopée militaire. Vous n'auriez pas la prétention de me dire ce que je dois faire de ce qui m'appartient ?

Le général Féraud parut étonné, et l'autre continua :

— Vous m'avez obligé pour une question d'honneur à tenir ma vie à votre disposition pendant quinze ans. Très bien. Maintenant que l'affaire est réglée à mon avantage, je vais faire de la même manière ce que bon me semble de votre vie. Vous la tiendrez à ma disposition aussi longtemps que je l'entendrai. Ni plus ni moins. Vous êtes lié sur l'honneur jusqu'à ce que je vous libère.

— Fort bien ! Mais, *sacrebleu* *, la situation est absurde pour un général d'Empire ! s'écria le général Féraud, avec consternation et une conviction profonde. Cela se résume à rester jusqu'à mon dernier jour à attendre votre bon vouloir, un pistolet chargé dans un tiroir. C'est... c'est stupide. Je serai un objet de... de... dérision.

— Absurde ? Stupide ? Vous le croyez vraiment ? demanda le général d'Hubert avec une adroite gravité. Peut-être. Mais je ne vois pas comment y remédier. Il est peu probable, cependant, que je parle beaucoup de cette aventure. Personne n'a besoin de la connaître. Tout comme jusqu'à aujourd'hui, je pense, personne ne connaît l'origine de notre querelle. Pas un mot de plus, se hâta-t-il d'ajouter. Je ne saurais débattre de cette question avec un homme qui, en ce qui me concerne, n'existe pas.

Lorsque les duellistes apparurent à l'orée du bois, le général Féraud marchant un peu en retrait et dans un état à demi hypnotique, les deux témoins se précipitèrent dans leur direction, chacun depuis son poste. Le général d'Hubert s'adressa à eux, d'une voix forte et distincte :

— Messieurs, je me fais un devoir de vous déclarer solennellement, en présence du général Féraud, que notre différend est enfin réglé pour de bon. Vous pouvez en informer le monde.

— Une réconciliation donc ! s'exclamèrent-ils d'une seule voix.

— Une réconciliation ? Non, pas exactement. C'est quelque chose de plus solide. N'est-ce pas, général ?

Le général Féraud baissa la tête en guise d'assentiment. Les deux vétérans se regardèrent. Plus tard dans la journée, lorsqu'ils se trouvèrent hors de portée de voix de leur maussade ami, le cuirassier déclara soudain :

— D'ordinaire, mon œil unique me permet d'y voir aussi loin que la plupart des gens ; mais cette histoire me dépasse. Il ne veut rien dire.

— Il y a toujours eu dans cette affaire d'honneur, du début à la fin, quelque chose que personne dans l'armée n'a pu saisir, déclara le chasseur au nez coupé. Commencée et poursuivie dans le mystère, c'est apparemment dans le mystère qu'elle doit prendre fin.

Le général d'Hubert rentra chez lui à longues enjambées, sans être pour le moins porté par un sentiment de triomphe. Il avait vaincu, mais il ne lui semblait pas avoir beaucoup gagné à cette victoire. La nuit précédente, il avait envisagé à contrecœur de risquer une vie qui lui semblait magnifique, digne d'être préservée, car elle lui offrait l'opportunité de conquérir le cœur d'une jeune fille. Il avait connu des moments où, par une merveilleuse illusion, cet amour lui paraissait déjà acquis, et sa vie menacée une chance encore plus belle de dévouement. Maintenant que sa vie était sauve, elle avait brusquement perdu sa magnificence particulière. Elle avait au contraire pris l'aspect particulièrement alarmant d'un piège destiné à dévoiler son indignité. Quant à la merveilleuse illusion de l'amour conquis qui l'avait habité un instant durant ses veilles agitées de cette nuit, qui aurait pu être sa dernière sur terre, il en comprenait maintenant la vraie nature. Il ne s'agissait que du paroxysme d'une délirante vanité. Ainsi, pour cet homme dégrisé par l'issue victorieuse de ce duel, la vie paraissait-elle dépouillée de son charme, simplement parce qu'elle n'était plus menacée.

Gagnant sa demeure par-derrière, à travers le verger et le potager, il ne remarqua pas l'agitation qui régnait sur le devant. Il ne rencontra pas une âme. Ce ne fut qu'en marchant à pas de loup dans le corridor qu'il s'avisa que la maison était réveillée et plus bruyante qu'à l'accoutumée. Des domestiques étaient appelés dans un bruit confus d'allées et venues. Il nota avec une certaine anxiété que la porte de sa chambre était entrouverte, bien que les volets n'eussent pas été ouverts. Il avait espéré que son escapade matinale serait passée inaperçue. Il crut trouver un domestique tout juste entré, mais le soleil qui perçait à travers les fentes lui permit de distinguer sur le divan bas quelque chose de volumineux qui ressemblait à deux femmes dans les bras l'une de l'autre. Des murmures larmoyants et désolés s'en élevaient mystérieusement. Le général d'Hubert ouvrit violemment les deux volets les plus proches. Une des deux femmes se dressa alors d'un bond. C'était sa sœur. Elle resta un temps immobile, les cheveux défaits et les bras levés au ciel, puis se jeta dans ses bras en étouffant un cri. Il lui rendit son étreinte tout en tentant de s'en dégager. L'autre femme ne s'était pas levée. Elle semblait au contraire se cramponner davantage au divan, le visage dans les coussins. Ses cheveux, également défaits, étaient d'une blondeur admirable. Il les reconnut et chancela sous le coup de l'émotion. Mademoiselle de Valmassigue ! Adèle ! Accablée de chagrin !

Très alarmé, il s'arracha définitivement à l'étreinte de sa sœur. Madame Léonie tendit alors son beau bras nu hors de son *peignoir* *, montrant de façon dramatique le divan.

— Cette pauvre enfant terrifiée est accourue depuis chez elle à pied — plus de trois kilomètres en courant tout le long du chemin.

— Que diable a-t-il donc pu arriver ? demanda le général d'Hubert d'une voix basse et émue.

Madame Léonie parlait quant à elle à voix haute.

— Elle a sonné à la grille et réveillé toute la maison ; nous étions encore tous endormis. Tu peux imaginer quel terrible coup... Adèle, chère enfant, redressez-vous.

La mine du général d'Hubert n'était pas celle d'un homme qui « imagine » facilement. Il finit cependant par s'arrêter, dans ce chaos d'hypothèses, sur l'idée que sa future belle-mère était morte subitement, mais ce ne fut que pour mieux l'écarter. Il ne pouvait concevoir d'événement ou de catastrophe qui ait pu inciter mademoiselle de Valmassigue à quitter une demeure pleine de domestiques pour apporter elle-même la nouvelle, à travers champs, en courant sur plus de trois kilomètres.

— Mais pourquoi vous trouvez-vous dans cette chambre ? murmura-t-il plein d'effroi.

— Je suis bien sûr montée voir, et cette enfant... m'a suivie... à mon insu. C'est ce stupide chevalier, continua Madame Léonie en se tournant vers le divan. Ses cheveux sont tout défaits, tu penses bien qu'elle n'a pas appelé sa femme de chambre pour la coiffer avant de partir. Adèle, très chère, redressez-vous... Il lui a tout raconté ce matin à cinq heures et demie. S'étant réveillée tôt et ouvrant ses volets pour respirer l'air frais, elle l'aperçut effondré sur un banc au bout de la grande allée. À une heure pareille – tu imagines ! Et la veille au soir il s'était dit souffrant. Elle a enfilé quelques vêtements et s'est précipitée jusqu'à lui. On serait inquiète à moins. Il l'aime, mais sans faire montre de grande intelligence. Il était resté debout toute la nuit, tout habillé, le pauvre. Il était complètement épuisé, et n'était pas en état d'inventer une histoire plausible... Quel confident tu as choisi là ! Mon mari était furieux et il a dit qu'il était trop tard pour intervenir. Nous nous sommes donc assises pour attendre. C'était affreux. Et cette pauvre enfant courant jusqu'ici les cheveux défaits, aux yeux de tous. Des gens l'ont aperçue dans les champs. Elle a aussi réveillé toute la maisonnée. C'est gênant pour elle. Heureusement que vous devez vous marier la semaine prochaine... Adèle, redressez-vous. Il est rentré sur ses deux jambes... Nous nous attendions à te voir revenir sur une civière ; que sais-je ? Va voir si la voiture est prête. Je dois ramener immédiatement cette enfant chez elle. Il ne serait pas convenable qu'elle reste ici une minute de plus.

Le général d'Hubert ne bougeait pas. On aurait dit qu'il n'avait rien entendu. Madame Léonie se reprit :

– Je vais aller voir moi-même. Il me faut aussi mon manteau. Adèle... commença-t-elle, mais sans terminer sa phrase. Elle sortit en disant gaiement et à très haute voix : Je laisse la porte ouverte.

Le général d'Hubert fit un pas en direction du divan, mais Adèle se redressa, et il resta comme figé.

Je ne me suis pas lavé ce matin. Je dois ressembler à un vieux vagabond. Il y a de la terre sur le bas de mon manteau et des aiguilles de pin dans mes cheveux, pensa-t-il. Puis il s'avisa que la situation exigeait de sa part une grande circonspection.

– Je suis fort contrarié, mademoiselle, commença-t-il sans idée précise, avant de renoncer à sa phrase.

Elle était assise sur le divan, les joues inhabituellement roses et les cheveux, d'une blondeur éclatante, dénoués sur les épaules, ce qui était pour le général une vision toute nouvelle. Il s'éloigna et, regardant par la fenêtre pour plus de sûreté, dit avec des accents d'une sincérité désespérante :

– Je crains que vous ne pensiez que je me suis conduit comme un fou.

Puis il se retourna et remarqua qu'elle le suivait des yeux. Elle ne les baissa pas lorsqu'ils rencontrèrent son regard. Et l'expression de son visage était également nouvelle pour lui. Elle était, pour ainsi dire, le contraire de ce qu'il connaissait. Ses yeux le fixaient avec une gravité réfléchie, alors que les contours de sa bouche exquise semblaient suggérer un sourire contenu. Ce changement rendait sa beauté transcendantale bien moins mystérieuse, bien plus accessible à la compréhension masculine. Une surprenante aisance d'esprit envahit le général, et même une certaine aisance de manières. Il se rapprocha avec autant de plaisir et d'excitation qu'il en eût éprouvé à charger une batterie crachant la mort, le feu et la fumée ; puis il regarda avec des yeux souriants la jeune fille dont le mariage avec lui (la semaine suivante) avait été si soigneusement arrangé par la sage, la bonne, l'admirable Léonie :

— Ah ! mademoiselle, dit-il sur un ton de regret courtois, si seulement je pouvais être sûr que vous n'êtes pas venue ici ce matin, en courant tout au long des trois kilomètres, par simple affection pour votre mère !

Il attendit, sous des dehors imperturbables, une réponse. Elle vint dans un murmure plein de réserve et un battement de cils fascinant :

— Ne soyez pas *méchant* * en plus d'être fou.

Et le général d'Hubert fit un mouvement en direction du divan que rien ne pouvait arrêter. Ce meuble n'était pas exactement dans l'axe de la porte ouverte, mais madame Léonie, revenant enveloppée d'un manteau léger et portant sur son bras un châle de dentelle afin de cacher la chevelure compromettante d'Adèle, crut voir son frère se relever vivement de sa position d'orant.

— Venez, chère enfant, cria-t-elle depuis la porte.

Le général, redevenu pleinement lui-même, manifesta l'ingénieuse présence d'esprit d'un officier de cavalerie et l'autorité d'un meneur d'hommes :

— Tu ne t'attends quand même pas à ce qu'elle marche jusqu'à la voiture, fit-il indigné. Elle n'est pas en état. Je la porterai dans mes bras.

Ce qu'il fit doucement, suivi par sa sœur habitée d'une crainte révérencieuse. Mais il repartit ensuite comme un tourbillon pour effacer tous les témoignages de la nuit d'angoisse et du matin guerrier, et pour revêtir les habits de fête du conquérant avant de se précipiter vers l'autre demeure. N'eût été cela, il se sentait capable de sauter sur sa monture et de partir à la poursuite de son ancien adversaire simplement pour l'embrasser, dans tout l'excès de son bonheur.

Je dois tout cela à cette brute stupide, pensa-t-il. Il m'a fait comprendre en une matinée ce qu'il m'aurait peut-être fallu des années pour réaliser, car je suis idiot et timide. Pas la moindre assurance. Le dernier des poltrons. Et le chevalier ! Quel vieil homme charmant ! Il tardait au général d'Hubert de l'embrasser lui aussi.

Le chevalier était alité. Il fut très mal pendant plusieurs jours. Les hommes de l'Empire et les jeunes dames d'après la Révolution dépassaient sa compréhension. Il se leva la veille du mariage, et, étant curieux de nature, prit sa nièce à part pour avoir avec elle une conversation tranquille. Il lui conseilla de s'enquérir auprès de son mari de la véritable histoire de cette affaire d'honneur si impérieuse et si persistante qui avait failli la conduire au bord de la tragédie.

– Il est juste que sa femme soit mise au courant. Et les prochains mois seront pour toi un bon moment pour apprendre de lui tout ce que tu veux savoir, ma chère enfant.

Plus tard, lorsque le couple vint en visite chez la mère de la mariée, madame la générale d'Hubert rapporta à son cher vieil oncle la véritable histoire, qu'elle avait obtenue sans peine de son mari.

Le chevalier l'écouta jusqu'à la fin avec la plus grande attention, prisa, fit tomber les grains de tabac de son jabot, et demanda calmement :

– Et c'est tout ?

– Oui, mon oncle, répondit madame la générale, ouvrant grands ses jolis yeux. N'est-ce pas plaisant ? *C'est insensé* * – ce dont sont capables les hommes !

– Hum ! Cela dépend de quelle sorte d'hommes. Ces soldats de Bonaparte étaient des sauvages. C'est effectivement *insensé* *. En tant que femme, mon enfant, tu dois croire tout ce que te dit ton mari.

Mais le chevalier confia au mari de Léonie sa véritable opinion :

– Si c'est l'histoire que ce garçon a inventée pour sa femme, et qui plus est durant sa lune de miel, vous pouvez être sûr que personne ne connaîtra jamais le fin mot de cette affaire.

Bien plus tard, le général d'Hubert jugea le moment venu, et l'occasion propice pour écrire au général Féraud. Cette lettre commençait par se défendre de toute animosité.

Je n'ai jamais souhaité votre mort durant tout le temps que dura notre querelle. Permettez-moi de vous rendre de façon formelle la vie que je vous avais confisquée. Il conviendrait que nous qui avons partagé tant de gloire militaire soyons amis aux yeux de tous.

La même lettre contenait aussi une nouvelle d'ordre privé. Et c'est suite à cette dernière que le général Féraud répondit d'un petit village des bords de la Garonne dans les termes suivants :

Si un des prénoms de votre fils avait été Napoléon — ou Joseph — voire Joachim, je pourrais vous féliciter avec plus de cœur. Comme vous avez jugé bon de l'appeler Charles Henri Armand, je me vois confirmé dans ma conviction que vous n'avez jamais aimé l'Empereur. La pensée de ce sublime héros enchaîné sur un rocher au milieu d'un océan sauvage enlève tant de prix à la vie que je recevrais avec une grande joie votre ordre de me brûler la cervelle. Personnellement je considère que l'honneur m'interdit le suicide. Mais je garde un pistolet chargé dans mon tiroir.

Madame la générale d'Hubert leva les mains en désespoir de cause après avoir lu attentivement cette réponse.

— Vous voyez. Il refuse toute réconciliation, dit son époux. Il ne doit jamais deviner, par quelque hasard que ce soit, d'où vient l'argent. Ce serait fâcheux. Il ne pourrait le supporter.

— Vous êtes un *brave homme* *, Armand, fit, d'un ton approbateur, madame la générale.

— Ma chère, j'avais le droit de lui brûler la cervelle. Mais, comme je ne l'ai pas fait, nous ne pouvons pas le laisser mourir de faim. Il a perdu sa pension, et il est parfaitement incapable de faire quoi que ce soit pour lui-même en ce monde. Nous devons prendre soin de lui, en secret, jusqu'à la fin de ses jours. Ne lui dois-je pas l'instant le plus extatique de ma vie ?... Ha ! ah ! ah ! À travers champs, trois kilomètres en courant ! Je n'en croyais pas mes oreilles !... Mais sans sa stupide férocité, il m'aurait fallu des années pour vous découvrir. C'est extraordinaire comme cet homme a réussi, d'une façon ou d'une autre, à s'attacher mes sentiments les plus profonds.

NOTES DU TRADUCTEUR

CHAPITRE I

1. Citation de Shakespeare, *Le Roi Jean* (acte IV, scène II) reprise par Byron, *Don Juan* (chant III, strophe LXXVI).

2. Du traité de Lunéville (9 février 1801) qui met un terme à la guerre continentale ainsi qu'à la deuxième coalition, et du traité d'Amiens (27 mars 1802) qui met fin à une guerre de neuf ans entre la France et l'Angleterre, jusqu'à la rupture avec l'Angleterre (mai 1805) et la formation de la troisième coalition (9 août 1805).

CHAPITRE II

1. Étoffe de laine croisée, mince et légère.

2. Hautes bottes, avec des glands en haut de la tige, portées d'abord par les troupes de Hesse.

3. En religion, passage de l'âme d'un corps dans un autre. On parle aussi de métempsycose ou de réincarnation.

4. L'expression biblique « fils de perdition » désigne Judas, qui en trahissant s'est fait l'instrument du diable, et elle a une valeur apocalyptique. L'« abîme de perdition » est bien sûr l'enfer. Conrad emploie aussi l'expression *« bottomless pit »,* le « puits de l'abîme » qui renvoie à Apocalypse IX, 1.

5. Le terme « transcendantal » est employé ici dans un sens ironique pour désigner la sagesse populaire.

6. Austerlitz : 2 décembre 1805.

7. Graz : ville d'Autriche située sur les rives de la Mur et capitale de la Styrie. Laibach, ancien nom de Ljubljana, capitale de la Slovénie.

8. Rivière de Yougoslavie, affluent de la rive droite du Danube.

9. La quatrième coalition, comprenant l'Angleterre, la Prusse, la Russie et la Suède, se forme en octobre 1806. La Prusse, en paix avec la France depuis le traité de Bâle (6 avril 1795), est vaincue à Iéna et Auerstaedt le 14 octobre 1806; elle doit céder nombre de ses possessions au traité de Tilsit (9 juillet 1807) qui met fin à cette quatrième coalition.

10. Charles Jean-Baptiste Bernadotte (1764-1844). Brillant maréchal d'Empire, fait prince de Pontecorvo en 1806, il prend Lubeck, ville d'Allemagne nord-occidentale ouverte sur la mer Baltique, le 6 novembre de la même année. Il devient en 1818 Charles XIV, roi de Suède.

11. Victoires françaises. Eylau : 7 et 8 février 1807, contre les Russes et les Prussiens. Friedland : 14 juin 1807, contre les Russes.

12. La Grande Armée attaque la Russie le 24 juin 1812.

CHAPITRE III

1. Le maréchal Michel Ney (1769-1815), duc d'Elchingen et prince de la Moskova.

2. Façon de désigner Napoléon qui fut notamment reprise par G.B. Shaw dans le titre de sa pièce *The Man of Destiny* (1895).

3. Napoléon est victorieux à Lützen et Bautzen (respectivement 2 et 21 mai 1813), mais il est défait à Leipzig (16-19 octobre 1813).

4. Ville d'Allemagne orientale, sur la rive gauche de l'Elbe. Le général Lemarois fut gouverneur de Magdebourg.

5. Louis Alexandre Berthier (1753-1815), maréchal d'Empire et prince de Wagram.

6. La ville se rend aux alliés, et Blücher vainc Napoléon sous ses murs les 9 et 10 mars 1814.

7. Nicolas Jean de Dieu Soult (1769-1851), maréchal d'Empire. Il est nommé ministre de la Guerre de la première Restauration le 3 septembre 1814.

8. Nom donné aux militaires qui touchent une demi-solde, et particulièrement aux soldats de l'Empire sous la Restauration. Dès mars 1815, 12 000 officiers deviennent des demi-solde.

9. Napoléon débarque pour « le vol de l'Aigle » à Golfe-Juan le 1er mars 1815, et gouverne – les fameux Cent-Jours – du 20 mars au 22 juin.

10. L'ordonnance de proscription du 24 juillet 1815, dressée par Fouché, ouvre la période appelée Terreur Blanche, où les ultra-royalistes décident de punir les « coupables ». Une ordonnance du 12 octobre permet une vaste épuration au ministère de la Guerre, une loi de sûreté générale est votée le 29 octobre, ainsi qu'une loi relative aux écrits séditieux le 9 novembre, et les cours prévôtales sont rétablies le 27 décembre (elles ne seront supprimées que le 5 novembre 1817).

11. Conrad désigne peut-être les cours prévôtales, véritables tribunaux spéciaux, voire, si l'on se réfère à la suite du récit, le conseil de guerre dont furent passibles les généraux dont le nom figurait sur l'ordonnance de proscription.

12. Célèbre café situé à l'angle du boulevard des Italiens et de la rue Taitbout.

13. Louis XVIII est de retour à Paris le 8 juillet 1815.

14. La garde impériale est officiellement créée en 1804. Après la création de la jeune garde en 1809, la vieille garde continue à rester en réserve jusqu'à la fin de la campagne de Russie.

15. Napoléon arrive à Sainte-Hélène le 16 octobre 1815, et il y reste jusqu'à sa mort le 5 mai 1821.

16. La seconde Restauration commence le 8 juillet 1815, et Joseph Fouché (1759-1820), ministre de la Police du Directoire, du Consulat, de l'Empire et de la Restauration, dresse l'ordonnance de proscription le 24, avant de tomber en disgrâce deux mois plus tard, le 19 septembre.

17. Le terme anglais « *shunk* » désigne un putois d'Amérique.

18. Charles Maurice de Talleyrand-Périgord (1754-1838), homme politique français influent, intelligent et cultivé, habile diplomate, mais peu habité de scrupules. Karl Vassilieviitch Nesselrode (1780-1862), homme politique russe d'origine allemande, représentant la Russie au Congrès de Vienne en juin 1815, nommé ministre des Affaires étrangères en 1816.

19. Alexandre Ier (1777-1825), empereur de Russie de 1801 à 1825.

20. L'article premier de l'ordonnance de proscription contient effectivement dix-neuf noms : Ney, La Bédoyère, Lallemand aîné, Lallemand jeune, Drouet d'Erlon, Lefèbvre-Desnouettes, Ameil, Brayer, Gilly, Mouton-Duvernet, Grouchy, Clauzel, Delaborde, Debelle, Bertrand, Drouot, Cambronne, Lavallette, Savary. Quatre seront exécutés : Ney, La Bédoyère, Mouton-Duvernet et Debelle.

21. Henri Clarke (1765-1818), général d'Empire, nommé duc de Feltre en 1809, ministre de la Guerre de 1807 à 1814. Rallié à Louis XVIII, il conserve son poste lors de la seconde Restauration.

22. L'exil de Fouché, fait duc d'Otrante en 1809, commence le 12 janvier 1816 et s'achève par sa mort, dans l'oubli, à Trieste (où Metternich lui a permis de s'installer), le 26 décembre 1820.

CHAPITRE IV

1. La doctrine quiétiste, avatar d'un courant mystique ancien, prône une attitude de passivité totale afin que l'âme se laisse porter par la grande houle de l'amour divin. Cette doctrine, encouragée par le prêtre espagnol Miguel de Molinos (1628-1696), fait naître une vive polémique à la cour de Louis XIV, où ses défenseurs sont Fénelon et Mme Guyon.

2. Petite ville d'Allemagne, sur la rive droite de l'Elbe, qui concurrence Hambourg avant de lui être rattachée en 1937. Madame de

Genlis s'installe un temps, lors de l'Émigration, dans une chambre d'une auberge d'Altona, où elle passe ses journées à écrire. Devant travailler pour subvenir à leurs besoins, les émigrés s'adonnent à divers petits métiers : l'abbé d'Esparbès donne des leçons de français, le baron d'Assignies peint des portraits, le marquis de Boisfranc tient une librairie, et le marquis de B..., cordonnier à Magdebourg, devient le bottier à la mode.

3. Leitmotiv dans l'œuvre conradienne, cette expression trahit peut-être chez l'auteur exilé un besoin d'appartenir à un groupe social, à une nation, un besoin d'identité.

4. Senlac ne semble pas avoir été un toponyme provençal, mais c'est une colline connue depuis la bataille de Hastings (14 octobre 1066).

5. L'armée impériale est licenciée le 1er août 1815. On peut voir au musée du panorama de Waterloo la charge des lanciers rouges de la garde conduite par le général Édouard de Colbert.

6. Napoléon écrit le 9 juillet 1813 au général comte Lemarois : « Ce n'est pas possible, m'écrivez-vous ; cela n'est pas français. » La formule est restée sous sa forme elliptique : « Impossible n'est pas français. »

POSTFACE

Il ne me reste plus qu'à parler du *Duel,* le plus long texte du livre. Ce récit eut l'honneur, il y a de cela bien des années, d'une publication séparée ; un petit volume illustré ayant pour titre *Le point d'honneur.* Il a depuis retrouvé la place qui lui convient, celle qu'il occupe dans ce volume, et dans toutes les éditions postérieures de mon œuvre. L'idée originale, fort simple, a germé d'un entrefilet de dix lignes, paru dans un petit journal de province, du Midi. Cet article, écrit suite à un duel fatal entre deux célèbres personnalités parisiennes, mentionnait, pour une raison inconnue, le « fait bien connu » que deux officiers de la Grande Armée s'étaient battus à plusieurs reprises et sous un prétexte futile durant les guerres napoléoniennes. Ce prétexte ne fut jamais découvert, et il me fallut par conséquent en inventer un. Et je crois, étant donné le caractère respectif des deux officiers que je dus aussi inventer, l'avoir rendu suffisamment crédible par son absurdité même. À la vérité, dans mon esprit, ce récit est une incursion sérieuse, voire appliquée, dans le roman historique. Ayant beaucoup entendu parler dans mon enfance de la grande légende napoléonienne, j'avais le sentiment que je m'y trouverais à l'aise, et *Le duel* est le fruit de cette conviction ou, si le lecteur préfère, de cette présomption. Même si l'histoire aurait pu être mieux racontée, je n'éprouve aucun regret. Un livre peut toujours être mieux conçu ; mais c'est là le genre de réflexion qu'un écrivain doit écarter courageusement s'il ne veut pas que ses conceptions restent à jamais des visions personnelles, des rêveries éphémères. Combien de ces visions n'ai-je pas vues s'évanouir ainsi ! Mais celle-ci s'est fixée sur le papier, manifestation de mon courage, si vous voulez, ou preuve de ma témérité. Ce que je me remémore avec le plus de plaisir, c'est le témoignage de quelques lecteurs français qui m'ont affirmé que j'avais « merveilleusement » su rendre l'esprit de toute une époque dans cette centaine de pages. Exagération certes imputable à leur bienveillance, mais je continue pourtant de la serrer sur mon cœur, car c'est exactement ce que j'essayais d'attraper dans mon petit filet : l'esprit d'une époque – jamais purement militariste dans le long fracas des armes, mais juvénile, presque enfantin dans son exaltation du sentiment – naïvement héroïque dans sa foi.

C'est en ces termes que Conrad présente *Le duel* dans sa « Note de l'auteur » qui sert d'introduction au volume *A Set of Six* publié par Dent dans *The Uniform Edition of the Works of Joseph Conrad* (1923-1928), édition rééditée sous le titre *The Collected Edition* (1946-1954), et qui comprend : « Gaspar Ruiz », « The Informer » (Le mouchard), « The Brute », « An Anarchist », « The Duel », « Il Conde ».

LE TEXTE

Titre anglais : « The Duel » [1].

Autres titres envisagés ou utilisés : « The Point of

1. « The Duel » étant considéré en anglais comme une nouvelle, le titre est entre guillemets. Mais, préférant y voir une *novella* ou un

Honour », « Honour : A Military Tale », « The Masters of Europe : A Military Tale », « An Affair of Honour ».

Dates de composition : janvier 1907 (Conrad en fait mention dans une lettre datée du 25 janvier et adressée à J.B. Pinker, son agent littéraire) – 11 avril 1907 (pas avant – cf. lettre à Pinker datée du 13 avril – même s'il révise le texte le 26 février et en envoie quelques pages au même Pinker à la fin mars).

Lieu de composition : Montpellier.

Publications antérieures à The Uniform Edition : en feuilleton dans le *Pall Mall Magazine* (janvier-mai 1908) et dans *The Forum* (juillet-octobre 1908), dans le petit volume illustré publié par The McClure Company (New York) en 1908, dans le volume A *Set of Six* édité par Methuen (Londres) en 1908, par Doubleday (New York) en 1915, et par Tauchnitz (Leipzig) en 1908.

Traductions françaises : « Le Duel », traduction de Philippe Neel in *Revue de Paris* (15 octobre-15 novembre 1923), reprise dans le volume *Gaspar Ruiz.* [la version française de *A Set of Six*], Gallimard, 1928 ; « Le Duel », traduction de Pierre Coustillas, in Conrad, *Œuvres,* tome III, Gallimard, Bibliothèque de la Pléiade, 1987.

Conrad à Montpellier

Installés à l'hôtel Riche et Continental (place de la Comédie), les Conrad font deux séjours dans la capitale du Languedoc : du 13 février au 16 avril

court roman, la forme en italique a été adoptée dans cette postface, chaque fois que les conventions le permettaient.

1906, et du 18 décembre 1906 au 15 mai 1907[2]. Si, lors de son premier séjour, Conrad écrit une nouvelle « Verloc » (qui deviendra *L'agent secret*), termine *Le miroir de la mer,* rédige un bref essai « John Galsworthy : An Appreciation »[3] et lit *La cinquième reine* de Ford Madox Ford[4], il décide aussi de « profiter du soleil », pour reprendre l'expression utilisée par Jessie, son épouse, dans son livre de mémoires, *Joseph Conrad : As I Knew Him* (1926). Même s'il travaille d'arrache-pied, Jessie tapant ses manuscrits, Conrad va souvent, en compagnie de son fils Borys (né le 15 janvier 1898), démolir des pipes à la Foire et faire voguer des petits bateaux à voiles sur le ruisseau de la cascade du Jardin de l'Esplanade. Même s'ils ne bénéficient pas d'une salle de bains, et si les tramways sont bruyants, les Conrad apprécient tellement la tranquillité de Montpellier qu'ils décident d'y revenir. C'est lors de ce deuxième séjour que Conrad, outre sa révision de la traduction française par H.-D. Davray d'une partie du recueil *Tales of Unrest (Inquiétude)*[5], écrit « The Duel ». Tout en veillant sur sa petite famille qui s'est agrandie – un second fils,

2. Conrad monte à Paris, pour raisons domestiques, le 21 mars. Il est de retour à Montpellier le 23.

3. Voir Joseph Conrad, *Propos sur les lettres,* traduction de Michel Desforges, Actes Sud, 1989, pp. 73-80.

4. Ford Madox Ford et Conrad ont écrit en collaboration trois ouvrages : *Les héritiers* (1901), *L'aventure* (1903) et *La nature d'un crime* (1908; publication, 1924).

5. Conrad a rencontré à Paris, avant de descendre à Montpellier, Davray, qui vient de traduire « Karain » dans le *Mercure de France* (15 novembre-1er décembre 1906), et lui a demandé de revoir la traduction de « Un avant-poste du progrès » par Marguerite Poradowska (une cousine de Conrad qui a joué un rôle important dans sa vie).

John, est né le 2 août 1906 – Conrad aime flâner, « paresser », et surtout fréquenter la bibliothèque municipale et lire ses écrivains français préférés : Anatole France (il découvre probablement à Montpellier *Les désirs de Jean Servien*), Guy de Maupassant et Alphonse Daudet. Il rencontre aussi deux « personnalités » montpelliéraines : le peintre Louis Charles Eymar (1882-1944) et Mlle Ida-Rosette Sée, professeur et journaliste.

Conrad faisait des « va-et-vient nocturnes sur la place » en compagnie de Louis Charles Eymar, narrant « des aventures qui étaient en fait celles de *Typhon* et du *Nègre du "Narcisse"* »[6], mais, ce qui est étonnant, c'est que Conrad conservait un incognito qui ne fut levé que bien plus tard par Valery Larbaud. Eymar ne faisait que soupçonner qu'il se trouvait en présence d'un écrivain. Conrad et Eymar fréquentaient aussi le Café Riche, où le romancier, assis tout près de l'orchestre, contemplait une jeune musicienne qui devait devenir la Léna de *Victoire*[7].

Ida-R. Sée a brossé un très beau portrait de Conrad dans *Le Petit Méridional* du 6 septembre 1924 :

...Il nous avait priée d'enseigner un peu de français à ce petit garçon [Borys], tendrement aimé, non point tellement pour l'instruire que pour le distraire.

---

6. Frédéric-Jacques Temple, « Joseph Conrad à Montpellier », in *Cahiers d'Études et de Recherches victoriennes et édouardiennes*, n° 2, Université Paul-Valéry, Montpellier, 1975, pp. 16-17.

7. Frédéric-Jacques Temple a pu « voir la photographie de cette jeune personne, assez jolie femme, parmi les papiers qu'Eymar avait conservés de cette époque » (p. 17). Il pose également une bonne question : qu'est devenu le dossier sur Conrad qu'Eymar avait conservé (on sait que Conrad a détruit toutes ses notes, y compris celles qu'il avait prises à la bibliothèque de Montpellier) ?

Nous eûmes de la sorte l'exquise satisfaction de nous mêler à la vie familiale du romancier. Quelles soirées inoubliables passées à l'écouter narrer ses voyages, à voir de quelle tendresse il entourait ses deux fils !

L'homme faisait oublier l'écrivain ! Nulle prétention, nulle allusion à son œuvre. La plus grande courtoisie, le plus noble amour de nos gloires littéraires. Flaubert était pour Conrad le plus aimé des écrivains, celui qu'il lisait religieusement, osons-nous dire.

Ce sont les vieilles maisons de Montpellier qui ravissaient Joseph Conrad, les ruelles qui avoisinent la cathédrale exaltaient son enthousiasme, il les comparait aux plus appréciées des *piazzette* et *via* de Sienne ou de Bologne. La terrasse du Peyrou, par les beaux soirs de janvier, portait le lyrisme du romancier au suprême degré ; il se taisait parfois de longues minutes et puis avouait n'avoir vu un horizon plus émouvant qu'en Grèce ou en Palestine.

Palavas, Maguelone, avec leur plage désertique, aux matins de janvier, n'avaient point de plus fervent admirateur.

Un fait qui peint Conrad, mieux que ne le ferait la phrase, nous revient à l'esprit. Nous l'accompagnions à Maguelone, notre voiture fut arrêtée par un char de sarments échoué en travers de la route dans une ornière. Le charretier tempêtait, l'attelage d'une mule étique restait impuissant. Voici que Conrad ordonne à son cocher d'aider à relever les sarments, à dételer, à remettre le char sur la voie ; lui-même se fait un devoir de collaborer au déblaiement de la route. Puis, lorsque les sarments sont rechargés, le char en marche, il offre un louis au charretier : « Pour votre peine et le temps perdu », dit-il.

Jamais nous ne vîmes luire dans des yeux humains autant de surprise agréable que celle qu'exprimait le regard du roulier.

Conrad s'associait également à la vie locale, il connaissait tous les environs de Montpellier, « vieille grande dame qui ne sait pas se faire valoir, parce qu'elle est sûre de plaire aux amants de la beauté pure », disait-il de notre cité. Il riait des snobs qui enlaidissent les sites, en y faisant bâtir de prétentieuses « villas ». Les maisonnettes à escalier extérieur de Celleneuve le charmaient. La belle demeure qu'illustra le séjour de Madame Campan, sur la route de Celleneuve, lui paraissait digne de Versailles et de la période du roi-soleil.

Conrad a vécu à Montpellier la plus grande joie de sa vie : il emporta la certitude d'avoir guéri son fils aux effluves de la mer lointaine, à la caresse du soleil méridional...

SOURCES DU *DUEL*

Si Conrad, comme nous l'avons vu dans l'extrait de la « Note de l'auteur » concernant *Le Duel* qui sert d'introduction à cette postface, évoque « un entrefilet de dix lignes, paru dans un petit journal de province, du Midi », G. Jean-Aubry (1882-1950), son ami, traducteur et biographe, parle, lui, de conversations de café, d'entretiens avec un officier d'artillerie qui, en rappelant à Conrad des histoires entendues dans son enfance, seraient à l'origine de ce court roman « napoléonien »[8]. Les sources du *Duel* paraissent donc particulièrement obscures, surtout si l'on garde en mémoire que la « Note de l'auteur » n'est qu'une réminiscence tardive et que G. Jean-Aubry, admirateur passionné de Conrad, a parfois laissé la passion déborder l'objectivité, peut-être froide, mais méticuleuse, du biographe. Qu'en conclure ? S'il est

8. G. Jean-Aubry, *The Sea Dreamer,* Allen and Unwin (Londres), 1957, p. 250.

possible de contester, au moins en partie, la thèse de G. Jean-Aubry, il est beaucoup plus difficile de dénier à Conrad, l'auteur, toute crédibilité, même si un biographe récent juge avec raison qu'il « donna de son passé une image falsifiée »[9]. La solution provisoire est de prêter crédit à Conrad, mais en considérant qu'il n'a trouvé dans cet entrefilet que l'idée, et non pas la trame, de son futur récit. Cela est possible, car est paru dans *Le Petit Méridional* du 6 janvier 1907 un article intitulé « Le duel mystérieux » (la description d'un duel, à Paris [à Viroflay], entre les lieutenants Spitzer et Hanne). Il y a dans le titre même de quoi éveiller l'imagination d'un romancier qui fait des recherches en bibliothèque sur Napoléon et dont le grand-père, Teodor Korzeniowski, a servi l'Empereur (on rejoint là G. Jean-Aubry). Mais au moment d'échafauder l'intrigue, de bâtir l'épine dorsale du roman, il ne fait aucun doute que Conrad avait sous les yeux, l'image n'est pas trop forte, la relation d'un duel épique entre deux officiers de la Grande Armée, peut-être le livre de Alfred d'Almbert, *Physiologie du duel* (1re édition : Charpentier, 1853 ; 2e édition : Amyot, 1867) qui décrit en une vingtaine de pages un duel célèbre (une série de duels étalés sur dix-neuf ans) entre deux officiers, F... et Dupont.

Si l'on prend en compte la liberté que s'accorde tout bon romancier, il est permis de penser que Conrad y a puisé la trame de son *Duel :* même ville de garnison, Strasbourg ; même prétexte futile au duel ; étalement semblable dans le temps, avec les

---

9. Z. Najder, *Joseph Conrad. Biographie,* Critérion, 1992, p. 12.

promotions successives des deux protagonistes ; même emploi de la ruse par Dupont/d'Hubert lors de la dernière rencontre. Si huit autres relations [10] (dont trois en anglais et une en allemand) furent écrites avant 1907 – elles identifient F... comme étant Fournier-Sarlovèze (1773-1827), général d'Empire [11], mais assimilent à tort Dupont à Pierre-Antoine Dupont de l'Étang (1765-1838), général d'Empire et ministre de la Guerre à la Première Restauration – celle de d'Almbert paraît la plus complète, et peut-être aussi la plus accessible. De plus, certaines expressions employées par Conrad semblent empruntées directement à la *Physiologie du duel* [12].

ANALYSE DU *DUEL*

Refusé par plusieurs éditeurs, le *Pall Mall Magazine* ne l'acceptant qu'après quelques hésitations, *Le duel* fut reçu assez fraîchement par la critique [13]. Et aujourd'hui encore, certains Conradiens demeurent assez réservés face à ce texte « à peine plus que "simplement divertissant", en grande partie parce que l'étalement du duel qui constitue l'intrigue... ne

10. Précision apportée par M. Hans van Marle, éminent spécialiste néerlandais de Conrad, dans une lettre envoyée à l'auteur.

11. Marcel Dupont confirme cette identification dans *Fournier Sarlovèze, le plus mauvais sujet de l'armée,* Hachette, 1936, p. 47.

12. Yves Hervouet a déjà souligné dans *The French Face of Joseph Conrad,* Cambridge University Press, 1990, l'importance des emprunts faits par Conrad à différents auteurs français.

13. Edward Garnett, critique ami de Conrad, semble le seul à y voir un « chef-d'œuvre ». W.L. Courtney, autre critique influent, semble davantage refléter l'opinion générale en qualifiant le texte d'« ennuyeux ».

sert pas à développer et à intensifier le conflit moral et psychologique initial »[14]. Mais il convient de nuancer un tel jugement et d'affirmer avec force que *Le Duel* est un petit chef-d'œuvre de reconstruction historique, « une merveilleuse reconstitution de l'atmosphère de l'époque »[15], grâce aux personnages secondaires et aux événements politico-guerriers qui constituent un arrière-plan idéal à l'affrontement entre ces deux officiers.

Et si l'on accepte le caractère répétitif de ce duel, on s'aperçoit vite qu'il aborde, outre le déclin crépusculaire de l'aristocratie, incarné par le vieux chevalier de Valmassigue, le thème de la folie humaine et celui de la femme rédemptrice. D'Hubert est en effet « un homme qui persiste en Don Quichotte, même au risque d'une mort violente, à se conformer aux exactions d'une coutume sociale non seulement obsolète dans la société de son époque, mais aussi complètement obsolète dans son propre système de valeurs »[16]. N'est-ce point là le comble de la folie ? D'Hubert est, à sa manière, aussi fou que Féraud qui abandonne la folie belliqueuse pour sombrer dans celle, peut-être plus douce, mais tout aussi néfaste, de la nostalgie sans retour. Enfin, le triomphe des nobles sentiments, qui clôt dans « une issue héroï-comique »[17] un récit commencé dans le style « opéra

---

14. Addison C. Bross, « *A Set of Six* : Variations on a Theme », in *Conradiana* VII, 1, Texas Tech University, 1975, p. 38.

15. Richard Curle, *Joseph Conrad,* Kegan Paul (Londres), 1914, p. 61.

16. Osborn Andreas, *Joseph Conrad : A Study in Non-conformity,* Vision (Londres), 1962, p. 107.

17. Pierre Coustillas, Conrad, *Œuvres,* tome III, Gallimard, Bibliothèque de la Pléiade, 1987, p. 1320.

bouffe »[18], est la pierre de touche du thème du « salut par la femme tant exploité dans l'art du dix-neuvième siècle »[19] allié à celui de l'instauration d'un ordre nouveau. À l'aristocratique madame de Lionne, en partie à l'origine du duel, succède la douce Adèle, la jeune fiancée qui n'hésite pas à braver les interdits pour devenir l'épouse dévouée, sensuelle, la jeune mère épanouie, et jouer un rôle capital (même à son insu) dans l'arrêt des « hostilités ».

DU PAPIER AU FILM : DU *DUEL* AUX *DUELLISTES*

Ridley Scott, transfuge du film publicitaire, réalisait en 1977 une adaptation pour le grand écran du *Duel,* avec, dans le rôle de d'Hubert, l'« excellent » Keith Carradine et, dans celui de Féraud, le « remarquable » Harvey Keitel. *Duellistes,* qui remporta le prix de la première œuvre au festival de Cannes la même année, bien qu'étant une adaptation fort libre du récit de Conrad, semble avoir connu un accueil partagé de la critique. « Si on évoque surtout le thème de *Duellistes*, c'est que la mise en scène de Ridley Scott oscille entre la neutralité et un usage assez malvenu du montage, puzzle banal de la mémoire. On a trop loué, à Cannes, une image qui n'est qu'une seconde main des fameux "plans à la bougie" de *Barry Lyndon* et des contre-jours, des fins du jour d'Almendros, dans *La marquise*

18. Lawrence Graver, *Conrad's Short Fiction,* University of California Press, 1969, p. 146.
19. J.H. Stape, « Conrad's "The Duel" : A Reconsideration », in *The Conradian* XI, 1, mai 1986, p. 45.

d'O[20]. » Mais, que le lecteur cinéphile se rassure, même si « l'organisation du film se fait sur ces séquences clés [i.e. les cinq affrontements], au détriment de l'analyse historique ou de la profondeur psychologique »[21], « ce film n'est pas nul du tout »[22]. Cette assertion est vérifiée quelques années plus tard par un maître en cinéma bien placé pour émettre un jugement, car également grand spécialiste de Napoléon : Jean Tulard. Pour ce dernier, *Duellistes* est « l'un des meilleurs films tournés sur l'époque napoléonienne », avec « des images d'une beauté plastique à couper le souffle »[23]. Et, pour clore la discussion sur une appréciation polonaise, Andrzej Zgorzelski juge l'adaptation de Ridley Scott « à la fois très romantique et typiquement conradienne »[24].

Il semble bien que les critiques faites au livre comme au film reposent sur une même incompréhension : Conrad a voulu divertir en narrant une histoire vraie, à peine enjolivée, et non pas ennuyer en construisant de toutes pièces un drame psychologique quintessencié.

Michel Desforges
octobre 1991

---

20. Jacques Fieschi, « Duellistes », in *Cinématographe,* n° 28, juin 1977, pp. 31-32.

21. Raymond Lefèvre, « Duellistes », in *Cinéma,* n° 226, octobre 1977, p. 115.

22. Mireille Amiel, « Duellistes », in *Cinéma,* n° 223, juillet 1977, p. 65.

23. *Dictionnaire du cinéma I : les réalisateurs,* Laffont, coll. « Bouquins », 1985, p. 681.

24. *The Conrad News,* Polish Conradian Club, Society of Friends of the Polish Maritime Museum in Gdansk, 1978, p. 18.

Rivages poche

Harold Acton
Pivoines et Poneys (n° 73)

Sholem Aleikhem
Menahem-Mendl le rêveur (n° 84)

Reinaldo Arenas
Le Portier (n° 26)

Quentin Bell
Le Dossier Brandon (n° 102)

Ambrose Bierce
Le Dictionnaire du Diable (n° 11)
Contes noirs (n° 59)
En plein cœur de la vie (n° 79)
En plein cœur de la vie, vol. II (n° 100)

Paul Bowles
Le Scorpion (n° 3)
L'Écho (n° 23)
Un thé sur la montagne (n° 30)

Emily Brontë
Les Hauts de Hurle-Vent (n° 95)

Truman Capote
Un été indien (n° 9)

Willa Cather
Mon ennemi mortel (n° 74)
Une dame perdue (n° 101)

Fausta Cialente
Les Quatre Filles Wieselberger (n° 10)

Barbara Comyns
Les Infortunes d'Alice (n° 94)

Silvio D'Arzo
Maison des autres (n° 78)

Alfred Döblin

L'Assassinat d'une renoncule (n° 25)

Heimito von Doderer

Un meurtre que tout le monde commet (n° 14)

Eva Figes

Lumière (n° 5)

Mavis Gallant

Les Quatre Saisons (n° 82)

Kaye Gibbons

Ellen Foster (n° 4)
Une femme vertueuse (n° 31)

Barry Gifford

Les Vies parallèles de Jack Kerouac (n° 81)

Christopher Isherwood

Le Condor (n° 28)

Henry James

Mémoires d'un jeune garçon (n° 27)
Owen Wingrave (n° 36)
Le Dernier des Valerii (n° 62)
Un épisode international (n° 97)

Elizabeth Jolley

L'Héritage de Miss Peabody (n° 87)

Rudyard Kipling

Le Miracle de saint Jubanus (n° 85)

Gavin Lambert

Le Crime de Hannah Kingdom (n° 104)

David Lodge

Jeu de société (n° 44)
Changement de décor (n° 54)
Un tout petit monde (n° 69)
La Chute du British Museum (n° 93)

Alison Lurie

Les Amours d'Emily Turner (n° 7)

La Ville de nulle part (n° 21)

La Vérité sur Lorin Jones (n° 32)

Des gens comme les autres (n° 38)

Conflits de famille (n° 46)

Des amis imaginaires (n° 71)

Javier Marías

L'Homme sentimental (n° 24)

Steven Millhauser

La Galerie des jeux (n° 37)

Lorrie Moore

Des histoires pour rien (n° 8)

Vies cruelles (n° 61)

Anagrammes (n° 91)

Roger Nimier

Les Indes Galandes (n° 64)

Cynthia Ozick

Le Rabbi païen (n° 29)

Grace Paley

Les Petits Riens de la vie (n° 1)

Plus tard le même jour (n° 13)

Victor Paskov

Ballade pour Georg Henig (n° 33)

Walker Percy

Le Cinéphile (n° 18)

L'Amour parmi les ruines (n° 88)

Barbara Pym

Adam et Cassandra (n° 15)

Secret, très secret (n° 35)

Lorsqu'un matin d'orage (n° 47)

Umberto Saba

Couleur du temps (n° 6)

Comme un vieillard qui rêve (n° 17)

Lisa Saint-Aubin de Terán
Les Jours de l'Orénoque (n° 90)

Budd Schulberg
Un homme dans la foule (n° 76)
Le Désenchanté (n° 77)

Carl Seelig
Promenades avec Robert Walser (n° 65)

Natsumé Sôseki
Oreiller d'herbes (n° 2)
Clair-obscur (n° 22)

Robert Louis Stevenson
Fables (n° 20)
La Magicienne (n° 34)
Olalla (n° 56)

Italo Svevo
Le Destin des souvenirs (n° 12)

Elizabeth Taylor
Angel (n° 41)
Mrs Palfrey, Hôtel Claremont (n° 67)
Cher Edmund (n° 98)

Paul West
Le Médecin de Lord Byron (n° 50)

Evguéni Zamiatine
Seul (n° 16)
Le Pêcheur d'hommes (n° 19)

Rivages poche/Petite bibliothèque
Collection dirigée par Lidia Breda

Aristote
L'Homme de génie et la Mélancolie (n° 39)
Rhétorique des passions (n° 40)

Boèce

Consolation de la Philosophie (n° 58)

Chesterfield

Lettres à son fils (n° 99)

Hésiode

Théogonie, la naissance des dieux (n° 83)

Hippocrate

Sur le rire et la folie (n° 49)

Karl Kraus

La Littérature démolie (n° 92)

Longin

Du Sublime (n° 105)

Lucien

Philosophes à vendre (n° 72)

Montaigne

De la vanité (n° 63)

Montesquieu

Essai sur le goût (n° 96)

Friedrich Nietzsche

Dernières Lettres (n° 70)

Ortega y Gasset

Le Spectateur (n° 80)

Pascal

Pensées sur la politique (n° 75)

Fernando Pessoa

Fragments d'un voyage immobile (n° 42)

Lettres à la fiancée (n° 43)

Pétrarque

Mon secret (n° 52)

Plutarque

Comment tirer profit de ses enemis (n° 103)

Arthur Schnitzler

Lettres aux amis (n° 45)

Relations et Solitudes (n° 51)

La Transparence impossible (n° 68)

Schopenhauer

Douleurs du monde (n° 57)

Essai sur le libre arbitre (n° 66)

Sénèque

De la tranquillité de l'âme (n° 48)

De la brièveté de la vie (n° 53)

Consolations (n° 60)

Georg Simmel

Philosophie de l'amour (n° 55)

La Tragédie de la culture (n° 86)

Marina Tsvétaïéva

Après la Russie (n° 89)